O PRÓXIMO DA FILA

HENRIQUE RODRIGUES
O PRÓXIMO DA FILA

1ª edição

EDITORA RECORD
RIO DE JANEIRO • SÃO PAULO

2015

CIP-BRASIL. CATALOGAÇÃO NA FONTE
SINDICATO NACIONAL DOS EDITORES DE LIVROS, RJ

R613p   Rodrigues, Henrique, 1975-
        O próximo da fila / Henrique Rodrigues. – 1. ed. – Rio de Janeiro: Record, 2015.

ISBN 978-85-01-10565-3

1. Romance brasileiro. I. Título.

15-23482

CDD: 869.93
CDU: 821.134.3(81)-3

Copyright © Henrique Rodrigues, 2015

Capa: oporto design

Editoração eletrônica: FA studio

Todos os direitos reservados. Proibida a reprodução, armazenamento ou transmissão de partes deste livro, através de quaisquer meios, sem prévia autorização por escrito.

Texto revisado segundo o novo Acordo Ortográfico da Língua Portuguesa.

Direitos exclusivos desta edição reservados pela
EDITORA RECORD LTDA.
Rua Argentina, 171 – 20921-380 – Rio de Janeiro, RJ – Tel.: 2585-2000

Impresso no Brasil

ISBN 978-85-01-10565-3

Seja um leitor preferencial Record.
Cadastre-se e receba informações sobre
nossos lançamentos e nossas promoções.

EDITORA AFILIADA

Atendimento e venda direta ao leitor:
mdireto@record.com.br ou (21) 2585-2002.

Para a Bianca

Tudo esmorecia, naquela fúria de lucro, tão desumanamente disputado. Não sentiam mais a água que escorria e lhes ensopava os membros, as cãibras das atitudes retesadas, o esmagamento das trevas, onde empalideciam, como plantas postas em adegas. (...) Eles, no fundo do seu buraco de toupeira, sob o peso da terra, sem ar nos peitos em fogo, escavavam sem parar.

Émile Zola, Germinal

*The wind of change blows straight
Into the face of time
Like a stormwind that will ring
The freedom bell for peace of mind*

Scorpions, "Wind of Change"

O homem fica em dúvida do que pedir, e a indecisão aumenta à medida que o número de pessoas à frente vai diminuindo. Presta mais atenção nelas, no que cada uma escolhe, se combina com o jeito, as roupas que vestem e o modo de falar. Distrai-se, tenta evitar a necessidade de optar por algo, concentra-se num ponto fixo, volta a olhar para os que fizeram seus pedidos, planeja algo para um futuro abstrato ou tenta fazer contas aleatórias, como verter o preço de um sanduíche para outra moeda. Nada disso é útil.

Chega a sua vez.

Como vem acontecendo há tempos, acaba optando por algo de que irá fatalmente se arrepender. Devia ter pedido outra coisa, com menos gordura ou mais saborosa. Tanto faz, pensa. O importante é estar aqui.

Mas ainda assim tenta saborear cada mordida. Mastiga bastante pedaço por pedaço, entusiasma-se um pouco mais quando arranca do sanduíche um naco de algo com um gosto que não conhecia — ou do qual já havia se esquecido. Empolgado com o pequeno prazer oferecido pela iguaria, acaba engolindo um pouco de ar e se engasga. Tosse, bebe goles de refrigerante, receoso de que alguém o esteja observando. Evita aparentar uma tranquilidade que já não tem, com uma vermelhidão que lhe cobre o rosto. Tenta respirar tranquilamente enquanto pigarreia, para que a glote seja liberada e o fluxo de ar se normalize. Olha para baixo, finge prestar atenção à lista de bobagens escritas na bandeja, e assim parecer um pouco invisível na cena que está criando. Sente uma presença ao lado de pé. O vulto parou por muito tempo. Seria um funcionário, talvez mais de um, acompanhado pelo gerente, oferecendo ajuda ao cliente que está passando mal? E todos os demais frequentadores da lanchonete que ainda não estivessem olhando se levantariam para acudir o pobre homem, engasgado com algo simples como um pedaço de picles. Tentar explicar que está tudo bem iria apenas piorar a situação, pois não conseguiria falar direito e isso tudo se transformaria numa bola de neve, fazendo-o se lembrar do motivo pelo qual raramente saía de casa, mesmo depois do tratamento. Esconde as mãos logo depois de tossir, não quer que as vejam.

O homem foca numa figura da lâmina, pisca mais demoradamente, quase fechando os olhos, e pensa no quanto gostaria que a pessoa parada ao lado fosse alguém perguntando timidamente,

Oi, moço. Você não é aquele escritor que foi na minha escola uma vez?

Mas é nesse instante que aperta um pouco mais o queixo e olha para o bolso da camisa. Ao lado do troco e da notinha da compra, o crachá do trabalho. Fecha os olhos e os aperta com força. Sai do breve delírio e se lembra de que precisa voltar à lida em alguns minutos, porque a vida o espera de novo, a contragosto, para o segundo turno do dia. Não, não foi o escriba reconhecido no banco da lanchonete por um leitor de boa memória. E não iria simular uma falsa timidez para enfim autografar um guardanapo que o seu leitor mostraria todo orgulhoso na escola no dia seguinte. É o funcionário que bate ponto na redação, o mesmo do dia anterior e o mesmo que seria amanhã e na manhã seguinte, no próximo mês e nos anos que ainda o esperavam. O homem então se dá conta de que não está mais entupido com o pedaço de sanduíche, abre os olhos, e nada há de anormal no entorno. Ninguém havia se dado conta de que estava engasgando, que poderia até ter morrido sem respirar. Ninguém havia se importado, mais uma vez. Estão todos quietos, concentrados na própria comida e nos celulares, mesmo os acompanhados.

E vê o ridículo daquela cena, passando a ter dúvidas se de fato estava tendo um princípio de colapso ou se queria, mesmo inconscientemente, chamar a atenção das outras pessoas com um incidente simulado. Coloca o sanduíche na bandeja, olha as duas mãos e as fecha, escondendo os braços sob a mesa.

O vulto ao lado, que parecia uma ameaça, é apenas um atendente limpando o chão. Desengonçado, parece não ter mais que dezesseis anos, treinado por outro garoto quase da mesma idade, mas que demonstra confiança e experiência. O garoto franzino tenta acertar o ritmo em vão, quando seu treinador perde a paciência, toma o esfregão e o orienta, com um tom entre o irônico e o pedagógico,

Faz como eu aqui, olha só. Você precisa dançar com o esfregão. Vai andando pra trás e passando de um lado pro outro. Imagina que está desenhando um número oito, entendeu? Assim, pensa que o esfregão é a sua parceira de dança.

O recruta vê que o homem olha para ele e baixa os olhos, constrangido. Pega o esfregão e começa o seu primeiro baile de limpeza, corpo meio rígido, e de um traço parece começar a desenhar o oito deitado, fazendo um símbolo do infinito enquanto anda para trás. Percebe que aprendeu, fica mais solto e desenha vários infinitos pelo salão, recebendo um sarcástico elogio do colega veterano,

Isso, garoto, vai dançar aí pra sempre, você nasceu pra isso.

Sem perceber, o homem não consegue tirar os olhos dos infinitos marcados pelas cerdas úmidas do esfregão. Sente até uma empatia imensa pelo rapaz que está dando os primeiros passos no primeiro emprego, com todas as descobertas ainda por fazer, com todas as etapas do restaurante para conquistar, e depois de dominar cada setor da lanchonete estaria pronto para tocar a própria vida, sem medo do público e de si. Foi assim que o homem pensou um dia. Por isso agora tem certa inveja do rapaz magro e confuso. Já não está mais ali com o seu crachá engordurado, que, olhando agora, valia muito mais que esse do bolso. Se pudesse, trocaria de lugar com o jovem, oferecendo a ele a chance de saltar logo para um bom emprego de verdade, como dizem. Ficaria ali no subemprego, no empreguinho de merda, exatamente como esteve quando aprendeu a limpar cada canto daquela lanchonete há mais de vinte anos. E com a segunda chance tudo talvez tivesse sido diferente.

Tira do bolso uma caneta, enquanto os infinitos vão secando no chão e desaparecem.

Existem basicamente dois tipos de pessoas: aquelas que já se arrependeram e as que ainda vão se arrepender. Pertenço a ambos.

Este guardanapo, desdobrado duas vezes, multiplica-se por oito e se transforma em um espaço ainda não muito grande. Mas é suficiente para a minha demanda. Pego vários, são de graça, e se nunca consegui contar para ninguém o que me aconteceu, resolvo-me ao escrever tudo aqui, para em seguida amassar e jogar fora.

Um dos terapeutas disse: verbalize, que isso ajuda a colocar para fora e a se autoentender. No trabalho minhas palavras são direcionadas, lacradas no manual da empresa, mas aqui fora, sinceramente, a quem interessa o que tenho para dizer? Cada um com seus problemas, sua correria, sua angústia, seu inferno particular. O meu é aqui, e por que não é efêmero como tudo o mais? Quero que isso tudo vá embora logo, porque eu morro um pouco a cada palavra que escrevo, e cada guardanapo desses vai me ajudar nesse lento objetivo de desaparecer completamente.

Explico: não me interessam as estatísticas de obesidade, tampouco os gráficos de ampliação das redes de comida rápida no mundo, muito menos a falta de tempo e de comunicação entre as pessoas, mecanizadas em torno dos próprios umbigos. O que me traz aqui é a rica possibilidade que esse lugar me oferece para entrar num processo definitivo de esquecimento. Lembrar fere. Não sou ninguém aqui, não mais que um número, e escrever 15 ou 827 é tão inconclusivo e impessoal — a rigor, um número não diz absolutamente nada, exceto o zero na sua perfeição redonda — que essa situação me é suficiente.

O tempo que falta lá fora para todas as pessoas aqui dentro mal chega a existir. Por isso é que contrario a reclamação comum dos que vivem correndo: quero-o cada vez menos, e escrevo como quem limpa a boca e amassa o papel antes de jogá-lo na lixeira.

PARTE 1

1

Enquanto empurro o carrinho pesado na fila do supermercado, não sei se o meu pai fala sério,

Você está vendo aqueles garotos ali empacotando? São chamados de marrequinhos. Trabalham, não têm a vida mansa que nem a sua.

Respondo sem pensar,

Mas pai, eles são da favela, e trabalham aqui no mercado pra não ficar roubando por aí. Por isso pagam o mico de usar esse macacão laranja.

Quando ensaio uma risada após a última frase, ele eleva a voz,

Está achando engraçado? Você tem sorte, garoto. Treze anos e acha que é fácil. Com a sua idade eu...

E lá vem de novo a mesma história de sempre. Já não suporto ouvir que ele foi expulso de casa, batalhou muito até conseguir emprego melhor, e que cada item daquele carrinho é fruto de esforço, e que não é fácil ter que viajar o tempo todo para dar conta da vida etc. etc. etc. Há dois ou três anos essa ladainha não tem mais impacto nenhum. Por isso me distraio, pensando em super-heróis, enquanto enfio a mão na boca para amolecer um dente de leite. O último.

Noto que o marrequinho não olha nenhum cliente nos olhos. Após empacotar e encher o carrinho com as sacolas, vira-se para o lado de cabeça baixa, esperando alguma gorjeta. Enquanto as nossas compras passam, vou para o lado do marrequinho e, sem nem cumprimentá-lo, ajudo a abrir as sacolas, e olho para o meu pai. Incomodado com a concorrência e temendo perder a gorjeta, o empacotador lança mão da prática e age mais rápido, encaixando cada item com uma destreza espetacular. Alinha as sacolas, separa materiais de limpeza dos itens de geladeira, encaixa os enlatados, distribui os sacos de arroz, feijão e macarrão de modo a não permitir que um saco fique muito mais pesado que o outro, organiza as frutas com um cuidado que não diminui a velocidade, mantendo as mais frágeis por cima, assim como as caixas de ovos. Por fim encaixa as sacolas dentro de um carrinho vazio que mantém sempre estrategicamente ao lado, e faz tudo como se fosse por um instinto, com a frieza e imparcialidade de quem apenas está ali apenas para ser subserviente e eficaz.

Ao sair do caixa, olho para o marrequinho com ódio, por ter me deixado embananado e nervoso, expondo ao meu pai o quanto me falta de jeito e, pior que isso, vontade.

Para piorar, no final da compra o pai dá a ele uma nota de cinquenta cruzados novos, valor bastante alto para a média que costuma ser doada. Sou ignorado. Após guardar rapidamente a nota no bolso, o garoto levanta a cabeça, olha para o cliente com olhos grandes e agradece várias vezes, fazendo reverências que logo provocam no meu pai uma gargalhada. O pai aponta o carrinho com o queixo para mim, para que comece a empurrá-lo na direção da saída. Volta-se e chacoalha a cabeça do marrequinho,

Continue assim, esforçado. Você vai pra frente, garoto. Não deixe nenhum preguiçoso tomar o seu lugar.

Quando voltamos para casa, permaneço calado. Saio do Chevette, abro rapidamente a mala e pego o máximo de bolsas que consigo, com uma expressão de raiva e desafio. Meu pai apenas olha. Com os braços desacostumados a fazer mais esforço que o mínimo necessário, não tarda para que eu deixe cair algum item. Abraçando um grupo de sacolas, tento segurar as compras de forma desengonçada, mas da confusão um vidro de maionese cai, bate no meu joelho e se espatifa no chão, fazendo um barulho surdo que chama a atenção da mãe.

Ela vem de dentro com o bebê no colo. Reclama da bagunça, briga com o pai por me deixar carregar todas as bolsas, por tê-la obrigado a ficar em casa apenas cuidando do caçula, e que não pode exigir de mim esse tipo de esforço. O pai narra o episódio do empacotador e depois diz que estou virando um molenga, um irresponsável que não está preparado para encarar a realidade, e quando começa com o "no meu tempo", a minha mãe leva a discussão para o outro extremo que me irrita,

Ele é só uma criança! Acha que vai aprender o quê? Deixa o menino...

E o pai fala mais alto,

Aquilo lá foi um aprendizado! Esse moleque vale menos que um marrequinho! Menos que um marrequinho!

O bebê começa a chorar e meu pai vai para dentro levando as bolsas de compras, impedindo que a mãe limpe o chão. Entrega para mim a vassoura, o pano de chão e o desinfetante. Volta e fica supervisionando o serviço. Varro o chão ainda nervoso por ter causado aquilo tudo, quando tentava apenas impressionar o pai. E por estar tremendo é que não consigo juntar direito os cacos misturados com a pasta espalhada pelo chão. Sou chamado de lerdo, tento varrer mais rápido, começo a chorar. A mãe tenta acudir mas o meu pai, sem desviar os olhos de mim, ordena que ela volte para dentro.

Ao final, guardo os utensílios de limpeza, lavo o pano no tanque e espero o próximo esporro. O pai pergunta como me sinto agora, e a resposta vem com uma voz que sai de uma garganta apertada,

Humilhado.

Não, responde o pai, meneando a cabeça com os olhos fechados.

Tira da carteira uma nota de cinquenta cruzados novos, me entrega e diz,

Esse dinheiro foi suado, e você vai ver que ele vale mais que a mesadinha que te dou. Agora vai lá para o seu quarto.

Recebo a nota, mas não agradeço. Antes que eu saia, ele me puxa pelo braço,

Vem cá, dá um abraço no seu pai.

2

Seguro a nota de cinquenta dentro do bolso e tento me concentrar nela.

Depois do episódio da maionese, por algum motivo o meu pai se afastou um pouco. Ou fui eu? Brigou várias vezes com minha mãe sem motivo aparente, chegando a gritar com meu irmão, ainda bebê de colo, parecendo ficar feliz quando precisava viajar a trabalho e ficar dias longe de casa. Mas acho que eu é que me sentia assim quando ele se afastava. Talvez os dois sentíssemos isso, não me lembro mais. Apanhava da mãe pelas travessuras comuns e diárias e não via isso como um problema. Mas o ruim foi que nesse período passei a levar surras mais pesadas do pai, também sem ter feito nada grave.

Tudo mudou rápido nesses últimos dois anos. E a visão que tive do meu pai, nesse período, passou a oscilar numa gangorra entre o respeito e o temor, e este lado pesava mais, naturalmente. Por isso fico confuso ao olhar para o caixão.

Tão jovem... Tanta coisa pela frente, alguém diz.

Tento atribuir sentido à situação. De algum lugar ali perto, uns cantos de sabiás são ouvidos regularmente, e é impossível para mim não associar a um tipo de homenagem ao morto, pois o meu pai sempre gostou muito de pássaros silvestres. Por um lado, algo me diz que se trata apenas de duas aves trocando piados irracionais e instintivos em busca de acasalamento. Esse pensamento puxa meu foco para o momento seguinte, quando fechariam a tampa do caixão e nunca mais veria o rosto com que o meu já se parecia tanto. Mas não é só isso. Pois outra pulsão tão grande quanto essa insiste: a dedução real não é suficiente para dar conta das certezas, e que algum fluxo de energia inexplicável traz os passarinhos ali de perto do cemitério para que se despeçam do amigo.

O meu pensamento varia entre uma versão e outra, enquanto olho fixamente para a coroa de flores na porta da capela, que parece um ornamento exagerado, grotesco e deslocado. Volto-me para o pai, ciente de que o estou encarando pela última vez. Um dos olhos dele não está completamente fechado, e pela pequena fresta a luz incandescente do teto é refletida, de forma meio opaca.

Apesar de me sentir suficientemente forte e não aparentar nenhum descontrole emocional, não permitem que eu carregue o caixão. Vou atrás, no cortejo, abraçando a minha mãe. Meu irmão menor segura a outra mão dela, e noto que ele parece muito impressionado com as lápides e todo o cenário, a despeito do choro dos demais. Quando a caixa de madeira desce, fecho os olhos e apuro os ouvidos para captar os cantos dos sabiás que eram perceptíveis da capela. Mas não escuto nada. Enfim não aguento mais e choro, fazendo parte do coro familiar. Sou abraçado pela minha mãe e pela segunda tia, que tenta encontrar alguma forma de me consolar,

Chora, chora que te faz bem, meu filho...

Tento falar e balbucio. Consigo apenas responder,

Eu não estou ouvindo tia, não estou ouvindo...

O meu pai dizia que homem não chora, precisa segurar. Sei que não sou o único ali chorando. Olha a minha mãe e as outras pessoas. Muitos desconhecidos, provavelmente amigos de trabalho do pai ou parentes distantes, estão ali partilhando o mesmo sofrimento.

Em casa, a família e alguns parentes começam a discutir questões práticas, documentos, pensão e outros assuntos que não me dizem nada. Meu irmão está brincando e digo, cheio de inveja dele,

Sorte a sua não saber de nada, garoto.

Ouço a primeira tia falar várias vezes sobre dinheiro, a venda do carro, a carestia e a necessidade de mudança para lugar mais barato. Quando me aproximo da sala para prestar mais atenção, ela não tem meias palavras,

E esse aí já está com quase dezesseis e precisa começar a contribuir. A vida mansa que o seu pai te dava acabou, foi embora com ele. Vai ter que se enquadrar pra ajudar a criar seu irmão.

A mãe tenta interceder, mas a primeira tia se levanta e eleva mais ainda a voz,

O meu irmão dava um duro danado para cuidar de vocês todos aqui. Agora esse galalau precisa assumir a casa. Já está maior que eu, só sabe ficar em casa lendo e vendo televisão e lendo de novo. Olha que vai acabar que nem o pai...

A segunda tia interrompe,

Calma, você está abalada com a perda. Todos estamos, fica calma. E ele não enfartou porque estava lendo, só estava lendo quando enfartou.

A primeira tia coloca a mão na cabeça e anda pela sala, parando perto de mim,

Eu sei, só quero que a turma aqui não passe necessidade. Olha o tamanho desse garoto! Veja se não pode trabalhar e ajudar a mãe. Você sabe o valor do dinheiro? Sabe quanto custa cuidar de uma casa?

Tento ser engraçado e tiro do bolso a nota de cinquenta cruzados novos. Mas consigo apenas irritar mais a tia quando ela repara na cédula,

Está vendo? Você tem esse dinheiro antigo guardado para quê? Já não vale nada tem para mais de dois anos! Você não sabe que a moeda mudou um monte de vezes? Não tem noção das coisas? É por isso que eu sempre disse para o meu irmão: você está criando um vida-mansa, abre seu olho. Então agora vocês vão ter que se virar. Quinze anos na cara, um homem já feito, já raspa o bigode até, e não faz nada na vida, não tem uma responsabilidade?

Guardo a nota novamente no bolso, escuto mais alguns desaforos, olho para a mãe e vejo que ela se sentia impotente, ainda muito abalada para argumentar qualquer coisa. Vou para o quarto novamente.

Antes de dormir, leio mais uma vez o poema escrito na nota ao lado da efígie de Carlos Drummond de Andrade. O poema se chama "Canção amiga", e o releio de vez em quando. Não entendo direito o final, sobre fazer uma canção para acordar os homens e adormecer as crianças.

Deito sobre a cama e leio várias vezes o texto estampado na nota, tento calcular quanto ela valeria e penso que gostaria de dormir, enquanto os parentes continuam gritando do lado de fora. Guardo a nota sob o travesseiro e começo a olhar para o teto branco. Pego-a de volta e coloco contra a luz, reparando em detalhes dos dois lados.

Tento não processar todas as coisas ditas pela tia, e sinto pena da minha mãe. Ela está desnorteada, sem saber ao certo o que fazer dali para a frente. Ofegante, sinto uma tremedeira e me encolho todo, com um desejo grande de diminuir de tamanho cada vez mais, até sumir. Inútil, pois a mistura de tristeza e falta de perspectiva voltam como um bumerangue a cada vez que tento afastá-las. Sou um inútil, bem disse a primeira tia. Não consigo dormir.

Lembro-me de que no dia seguinte terei uma prova de álgebra. Estudar um pouco mais poderia ajudar a esquecer a situação toda, ainda que não precisasse, pois faço jus ao apelido de CDF que me dão no colégio. Mas ao mesmo tempo sei que não preciso me submeter ao exame, se não quiser. Acabei de perder o meu pai, ora. Basta dizer isso que vão me aliviar. Esse pensamento é logo repelido, porque me sinto mal por querer usar a morte dele para tirar vantagem. O meu pai não iria querer isso.

Tento, mas não consigo me concentrar. Os x, y, z e todos os números parecem embaralhados, e tenho certeza de que, no fundo, já estou me sabotando, querendo não fazer a prova com o álibi do enterro, como se fosse uma estratégia inconsciente de sobrevivência. Sinto-me tonto, com a culpa se retroalimentando, como uma força gigantesca contra a qual não posso lutar. Choro novamente. **Mas choro baixo para que ninguém lá fora escute.**

Meu irmão entra no quarto, alheio a tudo o que acontece. Sobe na cama e afasta o caderno respingado de lágrimas.

Ele sobe na minha cama com os olhos pesados de sono. Os olhos que estão cada vez mais parecidos com os da minha mãe. E por esse garotinho estar tão inocentemente cansado é que me tranquilizo. Não fala nenhuma palavra, mas me abraça, fecha os olhos e só então adormeço.

3

Das duas tias, sempre preferi a segunda. A outra, mais velha e por parte de pai, reclama todo o tempo, a fim de usar uma suposta experiência para dar lições de moral em todos da família, especialmente nos mais novos.

Apesar da situação pela qual passamos, fico irritado quando ela me pede para comprar bebida num tom autoritário. É sempre assim. Basta uma visita, e um olhar agudo logo antecipa a ordem,

Vai comprar cerveja pra sua tia, moleque, e traz o troco certo.

Frase que vai se tornando mais embolada à medida que se repete e ela se torne mais bêbada. Ainda que avarenta, depois de umas seis viagens levando os cascos no boteco eu posso ficar com o troco, pois a coroa deixa de pedir.

Ela já está chegando a esse estado, mesmo que não seja nem hora do almoço. Começa a narrar histórias antigas exagerando nas virtudes do irmão que se foi, no que todos concordam para não gerar um clima desagradável. Depois de longa pausa, alisa os cabelos que começam a ficar grisalhos e fala alto,

Meu irmão foi um herói nesta casa. Ou não foi?

Um silêncio constrangedor ocupa a sala e faz com que alguém tente mudar de assunto. Não compreendo o porquê disso tudo. Mas já tenho certeza de que a tia está embriagada porque dá uma gargalhada subitamente. Tento me afastar em vão, pois ela me puxa,

Vem cá com a tia. Olha, gente, olha como não é a cara do meu irmão.

Dá um beijo melado na minha cabeça, aponta para o casco vazio e pede para comprar outra cerveja para a tia velha, porque hoje ela está muito, muito triste.

Sempre tive ódio de gente bêbada. Quando se entra no boteco, vem logo um coroa com ar sábio me dizendo,

Olha, esse aí é o futuro do país.

Ah, bebum idiota. Se soubesse...

Por isso prefiro a segunda tia, irmã da mãe. Ela fala pouco, é tímida, mas demonstra um afeto especial por todos. Minha mãe às vezes fala dela, de histórias das duas quando eram bem humildes, de parte da infância sofrida que tiveram e como precisaram começar a trabalhar desde cedo.

O excesso de ingenuidade da segunda tia a deixa sempre sem dinheiro. Sustentou o ex-marido durante os quase quinze anos em que viveram juntos. Posteriormente, os namorados que apareceram não eram muito diferentes. Apesar de não ter esperança de conseguir uma nova relação saudável e definitiva, optou por ter o coração aberto — por onde entram os homens cheios de romantismo e saem levando seu dinheiro.

Ainda me lembro do último. Camisa de botão por dentro da calça apertada e chapéu. Deixou o emprego de contador e passou a se dedicar ao grupo de pagode formado com amigos de copo. Como ainda estava investindo na sua arte, tinha de ser bancado até que alcançasse o sucesso. O mecenato, claro, veio da minha tia durante um bom tempo.

Daí ela recorria à primeira tia desde que se conheceram. Pede ajuda para pagar as contas básicas, e o dinheiro sempre vem com um sermão.

Acho que existe um certo equilíbrio entre as duas. De fato, raramente uma aparece sem a outra, como se fossem inseparáveis. Agora mesmo vejo que a conversa sobre o nosso futuro é tocada de duas formas diferentes e polarizadas. Uma traz a outra para a realidade dura, mas por outro lado a segunda tia poda a estupidez que a primeira não hesita em demonstrar.

São os poucos parentes que temos. Não tenho escolha e saio carregando o casco para comprar mais cerveja. Esse troco é meu.

4

Os trâmites da pensão ignoram a necessidade que a nossa família tem de sobreviver. As roupas e demais objetos do meu pai são doados rapidamente, e o carro é vendido por menos do que vale, pois minha mãe não sabe lidar bem com dinheiro e a primeira tia nem sempre está por perto para resolver as coisas. Semanas depois, porém, ela aparece já com o caminhão da mudança.

Enquanto as coisas são encaixotadas, fico meio absorto. Sou lento, pareço não me dar conta da necessidade de agir quando preciso. Nesses últimos dias, tenho me retraído mais ainda. Todos atribuem ao luto, mas a mãe prefere não imaginar que talvez haja algo mais profundo. Os encarregados da mudança desmontam móveis, carregam sem nenhuma ajuda a geladeira e a máquina de lavar, que são os itens mais pesados. Reparo nas marcas dos armários nas paredes, espanto-me com o piso ainda novo, preservado ao longo dos anos sob o guarda-roupas do quarto da mãe. Nunca havia me mudado, e toda aquela novidade traz sentimentos de esperança pelo que me aguarda, mas também de medo diante daquele cenário que vai ficando gradativamente repleto de ausências.

A segunda tia, suada e suja por estar trabalhando há horas na mudança, empacota copos, protegendo cada um com um jornal. Sabe que a qualquer minuto a primeira tia vai aparecer fazendo um escândalo pelo fato de eu, com os braços longos e já acumulando alguns músculos, não estar carregando nada pesado. Essa tia, pequena e frágil, parece se identificar com as coisas facilmente quebráveis que está guardando. Vê que a observo e me chama,

Você quer guardar essas louças comigo, meu menino?

Atendo prontamente a tia. Enquanto embrulho os copos, deixo um cair, mas não se quebra pois já estava protegido pelo jornal. Pergunto a ela,

Como é esse lugar pra onde a gente vai?

É menor do que aqui, mais humilde, responde a tia. Mas vocês três vão ser muito felizes lá.

Minha mãe, respondo, disse que vou passar a dormir na sala, porque só tem um quarto, onde ela vai ficar com o pequeno. Na verdade não ligo, acho que não tem problema nenhum dormir na sala. Já dormi várias vezes aqui vendo televisão.

Digo isso apenas da boca para fora... Não deve ser bom dormir todos os dias na sala.

Isso vai ser provisório, até vocês se estabelecerem, continua a tia. O trabalho do seu pai era meio irregular, e a pensão deve demorar mais para sair, ainda mais que eles não eram casados no papel. Nós vamos ajudando no que for preciso, dentro das nossas possibilidades. A vida não está fácil...

Por mais que ela tente falar isso tudo tranquilamente, nota que estou bastante desconfortável. Segura minha mão,

Fique tranquilo, meu filho. Tudo vai ficar bem. Já cuidamos da transferência de escola, e você vai conhecer um monte de gente nova...

Interrompo, com olhos arregalados,

Eu nunca estudei em escola pública, tia. Todo mundo diz que é lugar violento, de gente burra. É onde bandido e filho de bandido vão estudar, não é?

Nisso, a primeira tia passa carregando panelas, escuta o último pedaço do diálogo e não tem meias palavras,

Quem é que te disse uma besteira dessa? Quero ver você falar isso lá na escola. Onde é que já se viu chamar gente pobre de bandido?

A segunda tia tenta amainar,

Ele só está com medo, é tudo muito novo...

Nada disso, diz a outra. E aqui por acaso tem alguém que não seja pobre? Só porque o pai dava um pouco de conforto e pagava colégio particular esse garoto vai se achar superior? Quer saber, vai ser bom para ele estudar na escola pública, lidar com gente pobre que nem ele, pobre que nem a gente aqui.

Ela respira e me aponta o dedo,

A realidade não é essa moleza que te acostumaram não.

A tia rabugenta sai da casa levando as panelas para o caminhão, enquanto ainda resmunga algo que não entendo e nem quero entender, já começando a falar sozinha. Não consigo responder nada, deixo outro copo cair, dessa vez se quebrando. Tentando me confortar, a segunda tia apenas consegue dar um sorriso e dizer,

Fica calmo, meu filho...

Cato os cacos do chão com uma folha de jornal, e tento fingir que não me abalei com o que ouvi,

Está tudo bem, tia...

Pouco a pouco a casa vai se tornando maior. A mãe toma conta do meu irmão para que não se machuque no meio da mudança, enquanto tenta ajudar levando objetos menores. Do jogo de sofás, deixará o de dois lugares, levando apenas o de três. Praticamente todos os móveis do meu quarto também ficarão e serão vendidos por ninharia. Embora ela já soubesse que não poderia levar tudo, só agora sente o baque de deixar tantos pertences e as lembranças de cada objeto. Foi-se o marido, e agora a casa, o carro e os móveis.

É quando parece que minha mãe toma consciência de que a vida tranquila, aquela sensação de segurança para si e para os filhos, foi embora para sempre. Ela começa a chorar e tenta, inutilmente, esconder de todos. Tranca-se no banheiro por uns minutos, mas é possível ouvi-la se lamentando,

Ai, meu Deus...

Fico preocupado, bato na porta e pergunto se está tudo bem, mas sou impedido pela segunda tia,

Deixa ela. Isso tudo aqui não está sendo fácil para a coitada.

Minha mãe sai do banheiro, desiste de ocultar o sofrimento evidente, partilhado por todos da família, e sabe que cada um o manifesta de um jeito particular. O dela está ali, explícito, e cada vez que ouviu nos últimos dias o conformador "você precisa ser forte" foi como levar uma pancada para baixo. Ainda chorando, me abraça, pergunta pelo meu irmão e começa distribuir ordens para que todos cumpram suas tarefas ali, lembrando que ainda é a primeira metade do trabalho.

A segunda nos espera na nova casa, essa incógnita localizada em um bairro mais distante e perigoso.

Assim que descobriu que o marido não havia cochilado sobre o jornal como era de costume, que de fato ele tinha ido embora para sempre, se deu conta de que estava prestes a entrar novamente numa fase difícil da vida, algo que parecia ter deixado para trás definitivamente. Agora estávamos sós.

E a casa fica vazia, enfim. Olhando o caminhão lotado de móveis esquartejados e comprimidos na caçamba, penso que eu, a mãe e o meu irmão também estamos sendo desmontados e levados de repente de um lugar para outro.

Somos sofás, armários, caixas com louças que se quebram fácil.

Os homens da transportadora costumam gostar das histórias por trás de cada mudança. Não é a primeira vez que veem casos como esse, tampouco chega a ser o mais triste já presenciado. Trata-se apenas de mais uma família que regride.

5

Ao abrir a porta, minha mãe procura o interruptor para acender a lâmpada. Uns pequenos feixes de luz do dia entram pelas frestas da janela, e embora ela e as tias tivessem ido à casa dias antes para uma faxina geral, montes de poeira dançam sob o raio luminoso com o deslocamento de ar gerado pela nossa chegada. A casa é de fundos mas pega muita sujeira, pensa minha mãe, sempre exagerada na preocupação com a limpeza. Quando a janela é aberta, essa sensação desaparece, mas não o suficiente para tirar essa primeira impressão que a mãe tem de ter se mudado para um lugar escuro e empoeirado.

Minha tia não mentiu, a casa é pequena, incrustada nos fundos da principal, onde mora a proprietária, cuja atenção se volta para a mudança da nova família. Com apenas um quarto e cômodos pequenos, foi construída para abrigar o filho que já se mudou para longe da família. Por influência da mulher, ressalta a idosa, praguejando algo que não interessa a ninguém, pois estamos ocupados demais descarregando a mudança. Com a casinha vazia, o marido falecido e o filho longe, a velha gosta de acompanhar a vida dos inquilinos que chegam e saem uma vez por ano, quando o aluguel aumenta mais que a inflação já alta, e se torna inviável para as famílias como aquela que está se mudando.

A velha não desgruda da mureta que separa as duas casas, observando o descarregamento enquanto tenta saber quem é quem,

Vocês vão gostar daqui, é sossegado, diz para a minha mãe, que volta numa das viagens com os braços abarrotados de utensílios, recebendo de volta um sorriso amarelo de quem não está ali por livre escolha.

Terminado o descarregamento, minha mãe pergunta quanto ficaria a mais para que os homens da mudança montem os armários. A primeira tia, ao ver a negociação, reclama que eu é quem deveria fazer isso, porque é um absurdo um pedaço de gente desse tamanho não saber encaixar umas peças de madeira e apertar parafusos direito. Esbraveja que ninguém ali tem dinheiro para jogar fora. Minha mãe abaixa a cabeça ao ouvir da cunhada,

E eu vou cobrar os três meses de depósito que emprestei para esse aluguel. Não vai ficar esquecido, pode acreditar.

A segunda tia passa, ouve a conversa e novamente se contrapõe,

Ela vai pagar assim que as coisas se acalmarem. Não precisa ficar jogando na cara da minha irmã o dinheiro emprestado.

Não é jogar na cara, pondera a primeira tia. Estou só lembrando que não vamos poder sustentar três pessoas por muito tempo. Aliás, eu sustentar, pois você não pode contribuir tanto, não é? Os homens que você arruma sempre levam o seu dinheiro...

Você devia ter alguém para aprender a ser mais sensível, rebate a segunda tia.

Minha mãe sai balançando a cabeça. Deixa as duas travando a mesma discussão que se repete há décadas e começa a arrumar as coisas. Vejo que ela tem vergonha de estar dependendo dos outros. Não sabe muito por onde começar e vai para a cozinha, onde coloca louças na pia. Nota que os pequenos armários de madeira acoplados na parede não comportam todas as panelas que tem, e por isso teria que doá-las o quanto antes, para que não fique nada entulhado naquele espaço pequeno. Só então revê o volume de caixas amontoadas pelos cômodos, e a quantidade de bolsas e móveis desmontados ainda entrando pela casa, e se dá conta de que calculou errado os espaços, mesmo tendo deixado para trás tanta coisa. Apesar dos esforços e da experiência dos carregadores, o sofá de três lugares não passa pela porta ou pela janela da sala.

O de dois lugares também não iria passar, nota um dos homens da mudança. O braço é muito largo e ele é todo inteiriço. E também essa porta aqui é estreitinha... A gente tentou de tudo quanto foi jeito mas não passou.

É um sofá de rico, e aqui é casa de pobre, brinca outro dos carregadores enquanto volta para o caminhão, sem se dar conta de que está sendo inconveniente.

A mãe sabe que não tem opção, pois levar móveis para outro lugar significaria pagar outro carreto. Os homens da mudança sorriem ao final do trabalho, porque além do pagamento levam de brinde um "sofá de rico", louças, panelas, roupas, mesa de cabeceira, uma cômoda e alguns brinquedos meus que eram guardados para quando o irmão menor crescesse.

Sinceramente, não me importo de ter perdido os brinquedos e saber que irei dormir no chão da sala, onde couberam a mesa de jantar e as cadeiras, além da pequena estante onde fica a televisão de vinte polegadas. Da minha cama resta apenas o colchão, que durante o dia ficará de pé no quarto, e à noite será trazido para o centro da sala. Não sei por que, mas agora me agrada a ideia de dormir por ali.

Depois do dia exaustivo, as duas tias vão embora. Quando a mãe as leva no portão, a velha aparece novamente na mureta para oferecer comida, caso não tenha tido tempo de cozinhar. Ela fica desconfortável por ter recebido esse tipo de oferta na frente da irmã e da cunhada, e apenas agradece. Mas, quando volta, chama a velha e diz que sim, gostaria de receber a ajuda. Está acanhada, tenta justificar que não deu tempo de ir ao supermercado, e aceita a oferta. Sei que está pensando em nós, e que não cabe orgulho quando o assunto é conseguir uma refeição para os filhos.

Parece que a velha já estava preparada para ajudar, pois rapidamente retorna com potes de plástico contendo feijão, arroz e carne com batata. Comemos com gosto, especialmente por não termos feito nenhuma refeição com mais sustância ao longo do dia.

Minha mãe fica mais tranquila ao ver que os filhos estão de barriga cheia, e que mesmo com tudo ainda bagunçado ela tem um novo ponto de partida. Se antes estava sem chão, agora tem um novo teto, sob o qual estamos protegidos. Sem meu pai, provedor e homem da casa, ela tem medo apenas de retornar ao estado de desespero pelo qual não passa há tempos.

6

A menina espera o pai chegar todos os dias da roça, no mesmo horário. Ela olha fixamente para a vela, e imagina o quanto não seria bom ter luz elétrica como os ricos, alguns até com televisão, onde passam novelas de romance e aventura. Gostaria de saber ler para poder entender as coisas escritas, mas isso também é um luxo de rico, e falar do assunto significava levar um tapa na cara, porque a obrigação é ficar dentro de casa ajudando, e depois arrumar um trabalho, e não ficar com delírio de gente besta que se acha melhor que os outros só porque vai para a escola. A mãe diz que ela precisa rezar para ter sorte e, assim que possível, ir trabalhar numa casa de família e sumir daquela vida miserável.

Não é fácil colocar comida dentro de casa. A menina sabe disso bem. Tem fome, e o que o pai traz não dá para todos se alimentarem direito. Tem pena da irmãzinha, que não aprendeu direito a ficar calada e chora quando tem mais fome, e aumenta o choro até gritar porque não conhece outra forma de expressar isso.

Por isso a menina espera que o pai chegue. Porque quando não chega bêbado ele conta histórias, casos que ouve ou inventa sobre os outros peões, e assim diverte as filhas. Às vezes aparece com frutas amassadas que seriam jogadas fora, mas que logo se transformam em uma fartura ocasional. Acha que a mãe está sempre reclamando da vida porque não gosta das histórias que o pai conta, debocha das frutas e diz que não é uma porca para ficar comendo restos. Está sempre resmungando, talvez por isso o pai bata tanto nela quando bebe. Sente pena da mãe quando o pai bate com mais força, mas no fundo a menina se sente vingada pelas surras que leva durante o dia.

O pai chega com frutas e histórias às vezes. Mas quando está bêbado as palavras se misturam de um jeito estranho. Ele ri e chora sem motivo aparente, passando de um estado a outro em questão de segundos. Cai pela casa ao bater na mãe, dorme por um tempo e acorda novamente numa ladainha sem sentido.

A menina não entende por que o pai chega bêbado e a mãe diz que ele não leva comida para as filhas mas tem dinheiro para pagar a cachaça. E ele diz que um homem não precisa ter dinheiro, e sim ter crédito. Por isso ele bebe sim, e paga quando puder ou quando quiser.

E a menina não entende por que o pai não chega com histórias e frutas todos os dias. Ela sonha que um dia ele entre pela porta e diga que sim, estão chegando com os fios e eles terão luz elétrica, geladeira e televisão para ela ver desenhos e novelas e filmes com a irmãzinha.

A menina não entende por que o pai chega bêbado e com o passar do tempo diz que ela está ficando uma mocinha e a pega no colo, apalpando o corpo pequeno dela chamando de bonequinha do papai. Ela não gosta e tenta se desvencilhar mas o pai é mais forte, tem os músculos moldados pela roça e não é com gritos e choros que vai deixar a bonequinha sair do seu colo. A menina não entende por que chama pela mãe e ela demora a aparecer, pois o pai desliza os dedos para dentro do vestido e começa a tremer de um jeito estranho. E quando a mãe aparece e vê o que está acontecendo, tenta puxar a filha mas leva um soco do pai, tombando como se fosse um amarrado de canas, e ao cair bate com a cabeça na quina da mesa e logo se forma uma poça no chão. Mas o pai não repara nesse detalhe porque enlouquece com a sensação de controle que tem no momento sobre a filha, e chega a pensar que enfim tem algo na própria vida que controla por inteiro, e começa a cantar de tão realizado. A menina ainda fica com vergonha quando a irmãzinha chega e pergunta, ainda com a voz de quem aprendeu a falar há pouco tempo,

Papai brigou?

E mais tarde a menina entende que o pai dormiu extasiado e no dia seguinte não se lembrará do que fez. Não se lembrará de que a irmãzinha chorou ao lado da mãe até dormir. Colocará a culpa na bebida e o falecimento da dona de casa seria apenas um acidente. E que ali, longe de tudo, tudo isso será esquecido e que talvez o pai volte a trazer bananas e histórias, e que ela poderá continuar apreciando esses presentes. Mesmo que agora ocupe o lugar da mãe e ninguém tenha nada a ver com isso.

Mas a menina já havia ouvido outras histórias, e uma delas dizia que certa mulher traída ferveu água e jogou no ouvido e no rosto do marido enquanto dormia, e que o líquido fervendo entrava rapidamente na cabeça, causando um estrago irreversível.

Enquanto espera o caldeirão preto borbulhar sobre o fogão, a menina olha a lenha crepitando, e começa a contar para si mesma uma história sobre duas meninas órfãs que fogem de casa durante uma noite escura e triste.

7

Logo de início, tenho a impressão de que vai ser fácil me adaptar à nova escola. Pelo menos no que se refere aos estudos. Por conta da falta de professores, determinadas disciplinas são suprimidas, e naquelas ministradas o conteúdo é atrasado em relação à escola antiga. É entediante ver que em sala de aula nada será acrescentado, mas logo percebo que a dificuldade maior está antes e depois que toca o sinal.

Se na vida anterior — como passei a chamar o que ficou para trás — eu já não encontrava amigos facilmente, agora nessa salada social que é a escola pública a situação é mais desafiadora. Ao entrar perto do meio do ano, a turma já está dividida nos diferentes grupos: as meninas que se sentam na frente e pedem sempre para apagar o quadro, os brigões que ficam pelo fundo, os dorminhocos do canto, os casais inseparáveis, os esportistas, os populares que tocam violão e, por fim, os CDFs que estão nas segundas fileiras, facção com a qual mais me identificaria, mas concluo que estão muito atrasados nos conteúdos e logo os evito.

Mesmo numa turma de primeiro ano do Segundo Grau, é tudo diferente do que já tive. Apesar de ser uma escola pública, nem todos são tão pobres como eu. Ou pelo menos não parecem. Alguns, pelas roupas e mochilas de marca, parecem até ter mais situação que eu tive. A escola nova é algo indecifrável.

No intervalo e nas aulas de educação física, quando se espera maior interação, fico a maior parte do tempo calado. Pelos olhares e gestos, vejo que me torno motivo de conversinhas e especulações entre os colegas, e isso me incomoda. Não entendo. Visualmente, nada me difere da maioria. Sou moreno claro como a mãe, cabelo mola de isqueiro herdado do pai. Tenho todos os traços indistinguíveis de um mestiço brasileiro comum. Porém, numa tentativa de me defender desse universo novo, tento encontrar motivos para me distinguir de todos ali.

Nos primeiros dias, um teste-surpresa de álgebra deixa a turma em desespero. Ao ter respondido a perguntas em voz alta durante a aula, e sabendo que o novo colega está adiantado, um jovem pede ajuda aos sussurros, e apenas digo em voz alta, sem olhar para o lado,

Não, não vou dar cola. Quem mandou não estudar?

Ainda que o professor não identifique o solicitante, naquele instante aumenta a antipatia por mim na turma. Na saída, me olham com desprezo e finjo não me importar.

Já do lado de fora da escola, sou abordado pelo que havia pedido a cola e outros dois, que já me seguram pelos braços para não me defender dos socos que levo no rosto. Choro de raiva enquanto apanho, tento revidar inutilmente e me lembro do marrequinho me humilhando diante da família. Penso que é culpa do meu pai por estar apanhando.

Acha que é melhor que qualquer um só porque veio de escola particular?, pergunta o jovem da cola. Eu vou me foder na prova mas você se fodeu aqui, seu merda.

Antes que se forme um grupinho e o inspetor saia da escola para apartar a briga, os brigões desaparecem e me levanto com dificuldade. Estou tremendo de dor e vergonha. Escorre sangue do nariz quebrado sobre a camisa branca do uniforme. Ninguém me ajuda.

Em casa, minha mãe trata das feridas e, ao saber de toda a situação, decide que não vale a pena ir à escola reclamar. Ela tem outras preocupações, como conseguir um trabalho, porque a comida é cara, aumenta a cada dia, e nem tão cedo deve receber pensão. Teme voltar a ser empregada doméstica, mas por não ter estudado é a única opção em vista. A ideia de trabalhar em casa de família traz de volta uma série de lembranças as quais pensou que não precisaria revisitar nunca mais.

O casamento com o filho da última patroa, aos dezessete anos, parecia ter sido uma libertação, ainda que não fosse uma relação perfeita. Mas a minha mãe já aprendeu — depois eu mesmo confirmei — que nenhuma é, pelo menos quando se vê de perto. Embora a vida de casada tivesse sido um tipo diferente de prisão, cercada de um lado pelos ciúmes do marido e por outro pela necessidade de cuidar dos filhos, nada se comparava ao que ficou para trás, quando era pequena. Tinha um teto, comida e uma vida que chamavam de remediada. Agora é uma viúva nova, não tanto quanto aparenta, porque nas últimas semanas envelheceu mais rapidamente.

E feliz, ou infelizmente, minha mãe não está sozinha. Os dois meninos estão ali, e um deles está machucado por ter levado uma surra. Por isso me diz que é importante levar a escola a sério. E mesmo que eu diga que não vou aprender muita coisa cercado de gente que sabe menos, não quer que passe o mesmo que ela passou. Sabe que devo ter mais oportunidades. E é tomada por um sentimento dúbio que oscila entre o instinto da proteção materna com a necessidade de me deixar mais preparado para a vida, para ajudar meu irmão, para ajudá-la.

Sinto muita dor quando a mãe cuida do rosto, braços e peitos cheios de hematomas, choro de novo enquanto tento mais uma vez me justificar. Penso que vou receber o afago natural que sempre tive, mas ouço,

Essa é a sua escola agora, e é essa a nossa situação. Eu não queria estar aqui também. Mas lá você vai ter que aprender a se relacionar melhor com os outros. Não quero que apanhe nunca mais de ninguém, está ouvindo? Parte o coração ver você assim todo machucado. Parece, meu filho, que eu é que levei cada pancada. Mas agora a gente vai ter que se virar para sobreviver, inclusive você na escola. Vai te fazer bem descobrir que não é melhor do que ninguém. A gente não é melhor do que ninguém. Meu dinheiro está acabando. Olha essa biboca onde a gente mora...

Estupidamente, reluto em compreender,

É muito fácil para você dizer isso. Mas sou eu quem está aqui sangrando. Sou eu quem precisa ir para aquela escola cheia de vândalos e favelados, que me humilharam na frente de todo mundo. Não pedi nada disso, mãe. Eu não pedi para vir para cá.

Nenhum de nós pediu, responde alto, e agora ela é quem começa a chorar. E vai ser assim mesmo. Não adianta mudar de escola para outra pública, porque vão ser todas do mesmo jeito. Você vai ter que se virar lá.

Culpo meu pai de novo,

Eu só estudo e sempre fui o melhor da turma, argumento. Mas isso nunca foi o suficiente para ele, não é? O que mais ele queria de mim?

A mãe responde, terminando os curativos,

Ele queria que você crescesse, só isso. Queria do jeito dele. Você já tem quinze anos, não pode mais ficar isolado no seu canto o tempo todo me esperando te chamar para comer. Sua tia está um pouco certa. Essa vida mansa acabou pra gente. Eu vou ter que trabalhar, você vai ter que ajudar a cuidar do seu irmão. A nossa vida agora é essa e você não pode ser só o garoto inteligente e fechado. Estude e aprenda a conviver com os outros.

Ela olha para cima e faz uma pausa. Roga a Deus, ou então fala com o meu pai,

Eu não sei mais o que fazer.

Durmo com dores pelo corpo. No dia seguinte, irei faltar à escola. Demoro a pegar no sono. Quando começo a adormecer, desperto engasgado, com raiva de todas as pessoas, mas, sobretudo, de mim mesmo.

Li e ouvi várias vezes: crescer dói. Não me lembro tanto disso. De repente, trata-se de uma dorzinha pequena, às vezes prazerosa, do corpo e da mente se expandindo sem limites e sem rumo definido, feito uma árvore.

Pura mentira. Cada passo que se dá é marcado, tem alguém marionetando, e depois de um tempo você até consegue ver as cordinhas sobre a sua cabeça. Ou então tem uma sensação de livre-arbítrio que nos faz caminhar com as próprias pernas para nossos próprios abismos. E vai crescendo, ocupando o seu entorno, câncer de si mesmo.

Vejo esses que chegam e saem a todo tempo. Tão seguros de si, tão felizes e prósperos. Dá uma vontade grande de chamar cada um e pedir, Deixa eu te contar uma história? Era uma vez um país que ficou décadas sem poder escolher o presidente, daí quando foi possível isso acontecer novamente escolheram tão errado que o novo cara meteu a mão na grana de todo mundo, sem pestanejar. E fez tanta merda que foi expulso do trono, e o irmão e o braço direito dele morreram de forma esquisita, e então ficou todo mundo olhando um para o outro dizendo, A culpa foi sua de ter colocado ele lá. Aí veio gente dizer que era melhor antes, quando outros escolhiam, porque essa galera não está preparada para a liberdade, e fim de papo. O cachorro correndo atrás do próprio rabo, e quando o morde tem raiva de estar sendo atacado, e então revida mordendo mais forte ainda.

Mas eu sei que seria olhado com a mesma cara de letargia com que a pessoa morde o seu sanduíche e rumina. Porque ela é feliz ali, pensa que é, disseram que ela é, e ela se convenceu disso, naturalmente. Sorte a dela. Ou azar. Eu nunca coube no espaço da felicidade simples.

PARTE 2

1

Logo que começo o último ano do Segundo Grau, minha família se assemelha a uma panela de pressão. Não explodiu, mas dá para ver a fumacinha. A primeira tia, naturalmente, faz o papel do pino que faz barulho intermitente, indicando que a fervura já se encontra num limite.

A minha única preocupação, no entanto, é a estreia de um filme de ação e a chegada do novo disco da Legião Urbana. Aprendi, nesse meio-tempo, a não dar muita importância para o restante.

Dois anos após a mudança, as coisas parecem ter se equilibrado. Pelo menos parecem, e pelo menos para mim. Se o salário da mãe como empregada não é alto, ainda mais porque a pensão do pai se perdeu num labirinto de burocracias guiado por advogados incompetentes, rapidamente nos acostumamos a sobreviver com pouco.

A velha, dona da casa, praticamente adotou o meu irmão como o neto que nunca teve. Toma conta dele durante o dia, retirando de mim essa responsabilidade. Tornou-se cômodo apenas estudar, especialmente porque na escola pública se exige pouco. Sobra-me tempo para aproveitar a vida sem muitas ambições. O que significa ficar em casa vendo televisão.

A realidade da minha mãe, no entanto, é diferente. Ela sabe que vem chegando o mês de reajuste do aluguel, e que a inflação vai dobrar o valor e sozinha não vai conseguir manter a casa e dois filhos.

Por isso a primeira tia insiste que preciso me alistar logo para o serviço militar. No final do ano vou completar dezoito. Diz para a cunhada,

Você sabe, a única esperança para o pobre é servir o quartel, onde se tem estabilidade e um dinheirinho certo. E como ele é inteligente pode fazer prova e ir crescendo lá dentro.

Mas não vão maltratar meu filho?, questiona a mãe. É tanta história que se conta desses lugares...

Ele vai aprender a ser homem, a ser macho!, diz a primeira tia. Dezessete anos e não faz mais nada na vida, fica em casa o dia todo vendo televisão, esparramado no colchão no meio da sala. Nem namorada tem. Você se mata de limpar merda na casa dos outros para manter um parasita dentro de casa?

Escuto as duas, sei que preciso me alistar, porque é obrigatório, e não me meto na conversa. Não acredito que seja um dever cívico e belo como se mostra na propaganda do governo.

É preciso sair de casa cedo. A fila do alistamento é longa, e nela os jovens tentam demonstrar um tipo de maturidade que a maioria, no fundo, sabe não possuir. Escuto as conversas, noto que alguns fazem referência ao irmão ou primo que serve em tal quartel, como as garotas preferem os caras de uniforme e cabelo reco. Um carro para e descem dois gêmeos magros, cujo pai sai do carro e dá as últimas orientações sobre os procedimentos. Tão logo o pai vai embora, os dois se tornam motivo de chacota.

Um cabo que não chega a ter cinco anos a mais que os aspirantes aparece e caminha ao longo da fila. Exibe o fuzil enquanto informa que terão que esperar mais duas horas para o início do processo. Pergunto, de forma quase ingênua, por que não pediram que nós chegássemos então duas horas depois, pois não precisaríamos ter acordado tão cedo à toa. Um silêncio tenebroso precede a resposta do militar,

Se vocês têm medo de acordar cedo como esse imbecil aqui é porque não servem para a vida que vai ser oferecida neste lugar. Quem acha que pode dormir o quanto quiser é porque não tem vocação e disciplina para o serviço militar. Aqui é para quem não tem medo de ser homem, para quem quer proteger o país, honrar a nossa pátria. Essa mulherice de "não quero acordar cedo, bebé, bababá" é para quem é criado por avó, e vou dizendo, esse tipo de veadinho não sobrevive aqui. Aqui não é lugar de babaquice, é lugar de quem carrega saco, come merda se for preciso, corre dez quilômetros sem dar um pio. Vacilou? Leva logo uma manta pra aprender a ser homem? Todo mundo sabe o que é manta, não é? Se você deu mole, os seus companheiros vão te jogar um pano em cima e depois cobrir na porrada. Quem acha que vai se dar bem aqui nesse regimento na base da preguiça, da reclamação, do questionamento das ordens, é melhor tomar outro rumo. Vai pedir mesada pro papai, vai pedir emprego na barraca de pipoca do tio, vai fazer o que quiser da vida. Sabe por quê? Porque é preciso ser muito macho para vestir isso aqui.

Ao dizer a última frase, o cabo bate no peito, está parado na minha frente, e olho para baixo, vermelho de constrangimento e tentando esconder que minha mão direita começa a tremer. Em outro ponto da fila alguém zomba do sermão, fazendo o cabo se dirigir imediatamente até ele com novas ofensas.

Os atendimentos começam três horas depois. Quando chega a minha vez, me é informado que o serviço militar dispõe de poucas verbas e que, por isso, eu seria dispensado por excesso de contingente. Bastaria voltar em alguns meses para pegar o certificado de reservista.

Farda mas não talha. Minha tia ficaria decepcionada.

2

Enquanto faz a comida, já no final do dia, minha mãe acaba ouvindo bastante da primeira tia por conta da recusa que levei do quartel,

Esse garoto precisa fazer alguma coisa nessa vida. Você não tem a sorte de acertar duzentas vezes na loteria que nem esse deputado ladrão. Sua vida está piorando cada vez mais desde que o meu irmão morreu.

A mãe tenta argumentar,

Você quer que eu faça o quê? Duas crianças para cuidar sozinha esse tempo todo. Eu não dou conta, estou cansada. Mas ele é inteligente, vai ser alguém na vida...

A tia é pragmática,

Você está cheia de dívidas, a inflação comendo tudo. Vocês vão acabar indo morar embaixo da ponte. E agora você vai esperar o quê? Emprego está difícil de conseguir, e não adianta dizer que ele é inteligente. Porque é inteligente mas está ali, sentado de perna aberta no colchão, vendo televisão e esperando a mamãe colocar a comidinha no prato.

Por conta dos pequenos cômodos, é impossível não ouvir a conversa da sala. Uma verdade é que as contas estão se acumulando coladas com um ímã na porta da geladeira, e começar a receber o soldo significaria uma grande ajuda, ainda que seja menor que um salário mínimo. De um lado, fico feliz de não ter ingressado numa rotina para a qual teria problemas em me adaptar. Se passei toda aquela vergonha apenas na fila de alistamento, um volume imenso de encrencas me esperaria durante o serviço. Mas, ao mesmo tempo, não consigo ficar alheio à situação da casa. Vejo o meu irmão crescendo cuidado pela senhoria, a mãe chegando cansada todos os dias, e sei que teremos de nos mudar de novo por conta do reajuste.

Na televisão, o jornal mostra a notícia de que crianças foram assassinadas numa igreja no centro da cidade. O fato não tem referência direta com a minha vida, mas vejo o meu irmão sentado brincando com carrinhos usados que a mãe ganhou do filho da patroa. Há algum tempo eu mesmo não precisaria pedir para ganhar brinquedos do pai. Às vezes me lembro da vida anterior como uma coisa muito distante, como um sonho antigo. Meu irmão não tem ciência das dificuldades, pois se não tem luxos ou brinquedos novos, também nunca chegou a passar fome ou outras privações de recursos ou de afeto. Ainda assim, fico com muita pena de vê-lo crescendo ali, uma criança que tem acesso a uma mãe esgotada apenas durante a noite, sem as chances que tive. Acho que não dei o devido valor na época.

As imagens dos corpos enfileirados na calçada, junto com esses pensamentos, me fazem começar a tremer e sentir falta de ar. Meu irmão está distraído, me chama para brincarmos juntos, e apenas sorrio de um jeito sem graça, com vergonha de não ter nada para compartilhar com o garoto, sequer minha infância. Surgem imagens do meu pai abraçando ele, ainda bebê, dias antes do falecimento, do sermão que levei do soldado mais cedo, do bolo de contas na geladeira. No meio dessa mistura, vejo que estou na calçada, morto ao lado do meu irmão.

Nesse instante, a minha mãe surge da cozinha para chamar os filhos para a janta. Minha tia começa a falar alto que dormi largado no sofá mesmo, mas então minha mãe descobre que estou desacordado. Ao despertar na cama alguns minutos depois, levo uns segundos para me lembrar de tudo, peço desculpas e digo que no dia seguinte, logo depois da escola, vou sair para arrumar um emprego, qualquer que seja.

3

Quando penso em trabalho, novamente me vem o marrequinho. Passo duas vezes em frente ao supermercado para me informar sobre como me inscrever, mas não tenho a coragem necessária. Sinto um tipo de bloqueio, talvez porque tenha me sentido derrotado de uma forma tal naquele dia em que fui ali com meu pai que só de me imaginar enchendo as sacolas de compras já me vem a cena de humilhação.

Já possuo todos os documentos para conseguir emprego, mas não disponho de muitas opções. Em todo lugar há filas de espera, gente de todas as idades procurando alguma coisa, rostos que passam da esperança ao desespero em minutos após uma recusa. Ainda assim, nunca imaginei que teria de responder a uma entrevista intensa para ser atendente de lanchonete.

A assistente administrativa pergunta sobre a minha vida pessoal, de que tipo de música gosto, quais programas de televisão, inclusive se tenho o hábito de ajudar a limpar a casa e fazer comida. Minto sobre algumas, mas vejo que ela claramente não acredita, pela expressão com que preenche a folha. Fico sem jeito quando é perguntado se tenho namorada — ou namorado —, e indago o que isso tem a ver com o trabalho.

Em princípio nada, mas é apenas uma estatística para enviarmos para a sede. Se você não quiser responder, não é obrigatório. Mas...

Sinto que, caso me negue a dar a resposta, é capaz de eu perder pontos por omissão e digo,

Não tenho namorada, ora, porque... sou feio, não vê? E se quiser saber, sou virgem também. Não sei se isso conta.

A administrativa não consegue segurar uma gargalhada e continua preenchendo, afirmando que essa última questão era problema pessoal meu. Por fim, informa que devo preencher outra ficha e aguardar ser chamado. Parece que já sou o quarto naquele dia procurando emprego, e, caso abra uma vaga, alguns serão convocados para uma entrevista e nova triagem.

Mas nada é garantido, diz ela. Como tem muita gente procurando, só os melhores candidatos entram para trás desse balcão.

Uma senhora de uniforme, com jeito de veterana, passa o esfregão ali perto de onde estou preenchendo o papel, e diz de um jeito debochado,

Se prepara, garoto. Como ela disse, nesta loja só trabalha a elite do *fast-food*.

A administrativa lança um olhar autoritário para a senhora, murmura algo que não entendo, e ela segue para limpar outro canto do salão.

Como não tenho telefone em casa — mesmo na vida anterior a família não possuía esse luxo —, coloco o número da velha senhoria e torço para que seja convocado, ainda que não consiga me imaginar com habilidade suficiente para fazer parte daquilo tudo ali.

Observo os atendentes no caixa, os que pegam os pedidos e os da cozinha. Todos parecem mais velhos que eu, mais sérios e comprometidos, mas talvez seja o uniforme de listras e as gravatas que dão um ar de maturidade. A profusão de apitos, falas, ordens e respostas se mistura com o cheiro forte e sedutor de gordura que exala da cozinha e caracteriza bem esse tipo de comércio. Tudo parece confuso demais para ser compreendido por um não iniciado.

O aroma de gordura dá fome. Gostaria de ter dinheiro para pelo menos comprar um sanduíche dos pequenos. Mas me lembro de que estou ali justamente porque não tenho. Olho para baixo, e sei que mesmo o transporte para procurar emprego só é possível porque estou com a camisa da escola pública e posso andar de graça nos ônibus.

Após entregar a ficha, a administrativa se despede e comenta que, por estar no Segundo Grau, já possuo alguma vantagem sobre os concorrentes, pois a maioria dos candidatos não costuma estudar. Na saída, a senhora com o esfregão me aborda e diz, com os olhos meio arregalados,

Não perde seu tempo não, isso aqui não dá futuro.

Então por que você trabalha aqui?, pergunto.

Para pagar as contas, responde. A coisa não é fácil aí fora, ainda mais na minha idade, com pouca instrução...

A senhora olha para o balcão e pede, sussurrando, que eu vá embora logo,

Vai, eles estão tomando conta aqui da nossa conversa. Vejo gente chegando e saindo já tem onze anos. Eles sabem que eu sei de tudo o que acontece aqui. Vai, vai...

Ao fechar a porta, vejo que a senhora já está conversando com outra pessoa, talvez um cliente, mas olhando novamente concluo que ela está falando sozinha.

4

Três dias depois, a velha senhoria grita o meu nome da mureta, pois estão ligando da lanchonete. Ao saber da convocação, coloco a melhor roupa, uma calça *semibag* e uma camiseta de botão — minha mãe e as tias sempre dizem que em ocasiões sérias é preciso usar camisa de botão, e por dentro. O horário que marcaram coincide com a entrevista para uma vaga de *office boy*, mas a lanchonete, por algum motivo, me parece uma aventura mais instigante.

A administrativa me leva com mais três jovens para uma sala onde costumam realizar festas para crianças. Eu me distraio com os personagens da decoração, a fim de tentar afastar o nervosismo que certamente me eliminaria. Tento não olhar direto nos olhos dos concorrentes, mas isso não é possível por muito tempo. Uma garota magra, com o pescoço um pouco maior que o normal, parece mais séria e compenetrada. Os outros dois parecem já se conhecer. Mas basta ouvir um pouco o diálogo para perceber que estão tentando só aparentar despojamento e domínio sobre a situação. Sentam-se com as pernas demasiadamente abertas, como se estivessem marcando um perímetro próprio. Se fossem cachorros, estariam mijando pela sala.

Junto com a administrativa entra um homem de bigode. Ele se apresenta como o gerente geral da loja. Conta uma pequena história, na qual se compara com os candidatos, e diz que tem orgulho de estar na empresa há mais de vinte anos,

Quando eu era da idade de vocês, não queria saber de muita coisa. Encontrei aqui uma carreira e perspectiva de vida. Temos sorte de ter um franqueado novo no setor, um empreendedor que veio de outro país e dá oportunidade para os jovens brasileiros. Sabem o que é uma franquia? É uma loja que faz parte de uma rede imensa, internacional, mas que tem como dono uma única pessoa. Aqui vocês podem almejar um futuro que lá fora praticamente não existe. Mas sabem uma coisa absolutamente necessária para ficar aqui? Disciplina. Se vocês têm preguiça, nojo, gostam de contestar ordens...

Não consigo evitar um suspiro, lembrando-me do alistamento militar. Vejo que a administrativa está escrevendo algo, talvez avaliando a postura dos candidatos sobre a fala do gerente de bigode. É possível que tudo ali esteja sendo medido para a escolha final. Por isso, tento ser esperto, cerro os olhos e coloco a mão no queixo como se prestasse atenção a uma aula importante, que continua,

A empresa tem um padrão. Tudo funciona sincronizado. Comunicação, cooperação, coordenação, são os três Cês que regem o sucesso dessa rede. Tudo foi estudado e pensado por especialistas de fora. Cada parafuso aqui tem um sentido, tem um propósito, do tamanho da batata até a altura da tostadeira ou a distância entre o caixa e a estufa de sanduíches. E vocês também vão precisar estudar muito sobre tudo isso em manuais extensos e cheios de detalhes. Então quem não gosta de estudar também não pode vir achando que se trata apenas de um empreguinho... Desculpem a expressão, um empreguinho de merda, como se diz por aí. Estamos aqui para servir bem os nossos clientes e crescer com isso, entenderam? Bem, eu vi as fichas dos quatro. Deram sorte porque ontem saiu um funcionário e apareceu mais uma vaga. Então dois de vocês vão ter uma oportunidade na empresa. Agora me digam, por que vocês estão procurando o primeiro emprego aqui, numa lanchonete?

Um dos garotos de perna aberta responde primeiro, esfregando as mãos,

Eu sempre gostei de comer aqui e quero ficar perto da fonte!

O outro não consegue segurar o riso e fica constrangido ao ver que ninguém mais acha graça. O gerente de bigode, sério, aponta para ele com o queixo para que responda. Pressionado, apenas diz,

É uma boa empresa, é uma boa empresa...

A menina magra é a próxima e diz apenas,

Eu estou buscando o meu desenvolvimento pessoal e profissional e começar numa companhia que possui credibilidade seria um grande primeiro passo.

O gerente de bigode sorri e diz que ela é esperta porque está falando o que ele quer ouvir, mas ela retruca,

Eu nunca iria fazer isso. Não conheço o senhor e odeio falsidade. Quero só o que é melhor para a minha carreira.

Com a resposta inesperada, o gerente de bigode fecha o rosto e passa para mim. Não sei o que dizer e arrisco a verdade,

Olha, para ser sincero, eu preciso ajudar em casa. Desde que o meu pai morreu a gente vem passando por dificuldade e todos dizem que preciso trabalhar, e eles estão certos. Preciso ajudar minha mãe com as contas. Acho que não tenho muita habilidade manual, essas coisas, mas posso aprender. E sou bom em decorar essas coisas dos manuais...

O processo segue e, naturalmente, ficamos eu e a magra. Quando os outros dois são dispensados, o gerente de bigode aconselha,

Na próxima vez, sentem direito na cadeira. Vão pensar que vocês têm problema no saco.

É uma grande felicidade para todos em casa ao saberem que fui selecionado. Minha mãe explica que metade do salário deverá ser usada para comprar comida, mas a outra metade devo usar com o que quiser. As duas tias estavam visitando, e a primeira solta um raro elogio,

Isso é que é. Um bom emprego numa multinacional. Esse garoto vai longe.

A segunda tia, sempre mais cuidadosa, faz as recomendações,

Olha, meu filho, cuidado com aquelas coisas fervendo...

Mas, como sempre, começa a conversa pendular entre as duas, pois a primeira tia corta a outra,

Que cuidado o quê? Ele vai meter a mão no óleo quente? É retardado? Vai ser é muito bom pegar responsabilidade, contribuir aqui em casa, ter o dinheirinho suado dele...

Mas eu só disse para ele ter cuidado, continua a segunda tia.

Decido não dar muita atenção para elas e abraço a minha mãe. Olho o meu irmão e digo que vou comprar um carrinho de controle remoto novo para ele, o mesmo que passa no comercial da televisão. Antecipando o presente numa simulação quase automática, o garoto pega um chinelo e conduz pelo chão como se fosse o brinquedo, imitando um barulho de motor. Depois diz que quer um videogame, e sorrio porque eu também quero, e rapidamente faço cálculos mentais e digo que em alguns meses, juntando dinheiro, poderei comprar.

A mãe, com um sorriso de cansaço, se sente satisfeita. Não teríamos mais que nos mudar às pressas para uma casa ainda menor.

5

Após a escola, chego ansioso à loja e sou recebido pela administrativa. Logo que passo pela fresta estreita do balcão, sinto um frio na barriga, pois estou atravessando o limite que separa os clientes, as pessoas comuns, daquele território no qual apenas um grupo especial e selecionado pode entrar. Reconheço um assobio do rádio da loja, e o início de "Wind of Change", do Scorpions, carimbou para sempre na minha memória o primeiro dia de trabalho.

De cabeça baixa, sigo a administrativa através da cozinha. Estou sério, mas não consigo evitar umas olhadas para os lados, pois sei que estou sendo observado pelos novos colegas — quem sabe amigos? Certamente não será do mesmo jeito que na escola.

A administrativa me entrega para uma jovem baixa, apresenta-a como treinadora e revela que ela conhece cada centímetro da loja e é versada em todos os procedimentos da rede. Inicialmente, não entendo como uma mulher tão pequena e franzina pode ser hábil o suficiente para treinar alguém, mas logo em seguida ela estica o pescoço para o meio da cozinha, vai até a chapa e, sutilmente, explica a um rapaz que ele está virando as carnes de forma errada, pegando a espátula e virando todas elas em segundos.

Antes de subir para o vestiário, recebo um pacote contendo o uniforme. A treinadora lista os itens: boné, gravata, duas camisas, duas calças, cinto e um par de sapatos. Ao pegar o volume, rapidamente me lembro das cenas iniciais de filmes de presídios, quando os detentos recebem aquelas roupas listradas. Rio sozinho da analogia, pensando que pelo menos não iria deixar os pertences numa caixa ao entrar.

No banheiro há armários, onde é possível deixar as coisas, e alguns estão trancados. Não sabia que deveria trazer meu próprio cadeado, e deixo as coisas dentro de um aberto. Já vestido, olho-me no espelho e me sinto bem, ainda que a camisa seja de um tamanho maior que o meu. O boné vermelho não esconde minhas orelhas, elas também maiores do que deveriam ser, mas isso não deve ter muita importância. É a primeira vez que uso algo assim diferente. Faço movimentos rápidos no ar imitando os que a treinadora fez para virar as carnes na chapa. Minha mãe iria se sentir feliz de me ver assim. E também, sobretudo, o meu pai.

Segundo a treinadora, eu deveria assistir a vídeos institucionais, para conhecer a história da rede, seus princípios e metas. Pergunto a ela por que os vídeos são internacionais e legendados, com atores fingindo ser funcionários. A treinadora franze a testa e diz,

Estamos numa empresa internacional. A sede faz questão de preparar material de treinamento de primeira qualidade, correspondendo aos valores da empresa original.

Nossa missão é atender os clientes seguindo o Padrão Guarde bem essa palavra, ouviu? Seguimos o Padrão.

Pelo tom da treinadora, entendo que não devo manifestar opiniões inapropriadas, e permaneço quieto durante as duas horas seguintes. Percebo que ela, ainda que não se surpreenda com nada que passa na tela, tampouco está indiferente, e em alguns momentos repete, sussurrando, as falas do narrador e dos personagens. Quanto tempo ela terá visto esse filme sem enjoar?

Depois que acaba a sessão, sou conduzido pela treinadora para um *tour* pelas áreas. Apresentam-me a cada uma, ouço nomes que as designam, alguns em inglês — cujo significado finjo entender com um ahh —, e aos demais funcionários. Eles me cumprimentam de formas diferentes, e alguns parecem ainda estar em processo de treinamento. Outros, mais velhos, me cumprimentam com certo desdém. Menos a senhora que conheci quando fui me inscrever. Ao me ver, ela dá uma gargalhada e depois as boas-vindas,

Ah, então você decidiu arriscar. Até que o uniforme não te deixa tão feio como acontece com a maioria. Boa sorte, garoto, boa sorte nisso aqui...

A treinadora me puxa levemente, impedindo que a idosa continue falando. Informa que nas últimas semanas vem chegando muita gente nova, e isso deixa os mais velhos apreensivos. Mas deixa escapar que, de fato, o franqueado libanês prefere trabalhar com os mais jovens, pois eles têm mais gás e questionam menos. Ali não é lugar de sindicalismos, e quem não está satisfeito com as condições basta sair. Não se pode é desrespeitar o Padrão.

Após rodar todos os setores da cozinha e do balcão, vou para o salão, e a treinadora explica como se devem limpar as mesas e cadeiras, apresenta-me o esfregão e exemplifica como devo usá-lo,

Pensa no símbolo do infinito e vai andando para trás.

Treino algumas vezes, naturalmente sem jeito, mas vejo que não é nada muito difícil. Pergunto,

ok, é aqui então onde vou trabalhar hoje?

Não, responde a treinadora. Isso só depois. Hoje você vai limpar o estacionamento.

Do lado de fora, preciso carregar uma vassoura e uma lixeira portátil, chamada de jacaré, para tirar quaisquer sujeiras, folhas, pontas de cigarro, e mesmo palito de fósforos que estejam no chão. É necessário ficar andando em torno da loja em sentido anti-horário, sem parar, a menos que precise ir ao banheiro, ocasião que precisa ser comunicada, ou melhor, solicitada. Não entendo a lógica,

Como assim? E quando não tiver mais nada para limpar?

Você continua dando voltas até achar algo. Mas não se preocupe com isso. Sempre aparece sujeira. Sempre.

Ela ri ao dizer isso.

Ao chegar em casa, mal cumprimento minha mãe. Tomo banho, janto, trago meu colchão e ligo a tv, mas em segundos desmaio. O sono é pesado e acordo com meu próprio ronco, mas logo em seguida durmo profundamente como não acontece há tempos.

6

Conciliar a rotina de estudo e trabalho não é fácil, pelo menos nos primeiros dias. O tempo para estudo, que antes era mais que suficiente, torna-se menor e difícil de ser utilizado pelo cansaço. Mesmo os finais de semana, antes guardados para a televisão com o meu irmão, são agora parcialmente ocupados pelas escalas de trabalho. Além de uma folga por semana, na qual geralmente vou ao supermercado com a mãe ou uso para resolver quaisquer questões na rua, tenho um domingo de descanso no mês. E esses são dias gloriosos, como os colegas da loja chamam, passo metade deles dormindo e a outra estudando.

Embora a escola exija pouco, tenho um grande medo de ter o desempenho abaixo do nível a que me acostumei. O alerta, surgido quando fui flagrado cochilando durante uma aula, faz com que use todo o meu tempo livre reforçando o conteúdo que o sono não permite captar totalmente durante as aulas.

Se não possuía vida social antes do emprego, agora tenho menos ainda. O que não me livra das provocações da primeira tia quando nos visita nos finais de semana,

Olha lá, não sai de casa pra nada. Nem namorada tem... Ou será que ele não é chegado?

Que é isso?, responde a mãe. Respeita o menino. Ele trabalha e estuda muito, não tem tempo para essas coisas não.

Mais uma vez, é impossível fingir que não ouço a conversa. Fecho a porta do quarto e, irritado, coloco o irmão para fora,

Vocês me desculpem, mas vou fechar a porta aqui. Preciso me concentrar porque tenho prova amanhã e preciso aproveitar a folga do trabalho.

A mãe continua discutindo com a cunhada, que a provoca,

Olha, tudo bem, mas isso é motivo pra você se preocupar. Com a idade dele o meu irmão já aprontava por aí, você bem sabe. Será que ele não é...

Algo difícil de acontecer é a mãe elevar a voz, mas o que ela faz é ainda mais difícil, pois puxa a tia para fora, segura ela com força, e conta chorando o que passou na infância, o que teve de suportar com a irmã, que por ser pequena não se lembra, ou ficou tão traumatizada que nunca tocou no assunto. A tia rabugenta não sabe o que dizer e fica sem graça, mas no fim pergunta o que isso tudo tem a ver com a minha intimidade, e a mãe responde,

Justamente isso. É intimidade dele, e nenhuma de nós tem nada que se meter.

Escuto apenas essa última frase da mãe, e fico de certa forma tranquilizado por não precisar dar satisfações do que sinto ou que não sinto (o que é o caso), especialmente para a mãe e a tia, algo que seria constrangedor. Volto a estudar e, entre obstinado e escapista, concentro todas as forças nos conteúdos para o dia seguinte. Quando a mãe e meu irmão precisam vir dormir, arrasto o colchão para a sala e estudo até a madrugada, dormindo sobre os cadernos e folhas.

Durante a prova, misturo a conversa da mãe e da tia com músicas da Legião Urbana e ainda com detalhes de procedimentos que começo a aprender do trabalho. Em meio a todas elas surge a voz da professora, me acordando,

Todo mundo sabe que você trabalha, mas vai dormir até durante a prova? Vá lavar o rosto e volte logo.

Saio da sala com muita vergonha, aumentada por sussurros de zombaria de alguns colegas. Outro simula um ronco alto, provocando a gargalhada geral, e é logo repreendido pela professora. Sinto que algo está fora do controle, mas não sei o que é. Tenho raiva dos colegas, pois a maioria tem pai e mãe, e, mesmo que não vivam uma vida folgada, não precisam trabalhar. Penso que vou começar a chorar mas logo me controlo, ranjo os dentes, sei que não me devo deixar tomar pelo desespero, e tento respirar. Resta-me apenas fazer uma boa prova. Lavo o rosto, bebo água e me sinto mais desperto.

Enquanto vou para a loja, tenho certeza de que errei apenas duas questões, mas elas são mais do que estou acostumado. Talvez esse seja o preço que tenha de pagar. E estou consciente de que, diferente dos colegas, eu posso pagar.

7

Os dias apertados vão se tornando os dias que cabem na minha existência, passam cada vez menos pesados. Isso porque, contrariando até as minhas próprias expectativas, começo a me tornar menos inábil, passando a dominar minimamente os setores da loja. Erro, tento novamente, tenho meus pontos fortes e fracos apontados pela treinadora, que não por acaso é chamada de mãe por vários funcionários. Já conheço quase todos os setores da cozinha, e não demora para ver outros recrutas chegando como aconteceu comigo há poucas semanas. Sinto-me, pela primeira vez na vida, parte de uma engrenagem fluida.

Começo a estreitar amizades. E ver também que algumas vão embora rapidamente, como a magrinha que entrou comigo. Parece que ela exagerou na autoestima, querendo dar ordens aos demais sobre como aumentar a produção, chegando a chamar os gerentes de "amadores vestidos de branco, garçons sem ideias". Ao demiti-la, eles sugeriram que procurasse vaga de executiva num banco internacional, tamanha a pose.

Mas o bom de trabalhar numa lanchonete de alta rotatividade é que se conhece todo tipo de gente. O cristão, por exemplo, gosta de pregar para os colegas de turno. É mais velho que nós, do turno da tarde. Alguns o tomam como um religioso sábio de início. Mas depois de cinco minutos de conversa é possível deduzir que se trata de um sujeito com algumas limitações. Converte qualquer assunto em temas religiosos e faz citações bíblicas aleatórias, mas isso não é um impeditivo para o trabalho, pois desempenha com presteza todas as funções que lhe passam. Essa ausência de malícia o torna convidativo para o gerente de bigode, que o procura para treinar divagações filosóficas, as quais são ouvidas com sincera atenção.

Mesmo em situações tranquilas, quando a loja ainda está vazia, os olhos do cristão estão sempre arregalados. Diz que isso é resultado da constante surpresa da glória divina diária. Agradece estar ali, e não são raras as ocasiões em que é flagrado abraçando clientes de todas as idades quando está cuidando do salão, e a maioria corresponde. Aos colegas que riem dele no caixa, responde apenas,

O mais importante é o amor.

E segue limpando o chão, falando sozinho e sorrindo.

Em pouco tempo, as brincadeiras dão lugar novamente à confiança, e vejo no cristão alguém com quem posso desabafar, e ao mesmo tempo conheço a história dele.

A família é evangélica mas deixou de ir assim que cresceu e adquiriu autonomia, pois viu que apenas queriam tirar o pouco dinheiro da sua família por meio de dízimos e outros sacrifícios. Era "meio nervoso", como costuma dizer, até que o irmão mais velho, "o esperto", foi assassinado porque passou a vender armas para o tráfico. Ao ver a mãe chorando após reconhecer o corpo do filho por sinais de nascença, pois estava irreconhecível com tantos tiros, tentou se lembrar dos ensinamentos que recebera na infância na igreja e criou uma variação própria da religião, baseada na não violência e o respeito ao próximo, mas sobretudo sem envolver dinheiro.

A mãe se voltou mais ainda para a igreja para lidar com a perda, ficou alucinada e vulnerável, enquanto o pai, que os abandonou na infância, resolveu aparecer com a morte do filho, mas em vez de trazer benefícios foi só mais um senhor alcoólatra. Ao final, é o salário da lanchonete que sustenta todos da casa. Ao ouvir a história dele, vejo que a minha situação não é tão ruim.

Mas ao mesmo tempo me surpreendo em ver como o cristão não se vitimiza, e os olhos sempre abertos dele parecem mais de um inexplicável entusiasmo do que de um desespero familiar. Pergunto como ele lida com isso tudo, no que apenas responde olhando para baixo e sorrindo enquanto passa o esfregão,

Eu não sei de nada, meu amigo, o mais importante é o amor.

8

Eu realmente me sinto feliz quando recebo as bolinhas coloridas no crachá. Cada uma indica que o funcionário domina um setor diferente da loja. Ainda que os clientes não façam ideia do que elas significam, internamente os pequenos círculos têm o prestígio de patentes. Já possuo a amarela, de cortadores de batatas e limpeza do salão e estacionamento; a laranja, por montar sanduíches de frango e peixe, e agora parto para a chapa em busca de alcançar um novo nível.

Não sei bem se essa parte é realmente difícil ou se não passa de mais uma forma de os mais velhos amedrontarem os calouros. Afinal, prostrar-se sobre um ferro com mais de duzentos graus deve representar algum risco. Contudo, a treinadora tem uma capacidade pedagógica surpreendente, pois consegue apaziguar os novatos e ao mesmo tempo desmistificar a pose dos mais velhos. Tudo com tranquilidade e sem ofender ninguém.

Daí que eu sinta confiança para executar os movimentos, apertar os botões que indicam os tempos de selada, virada e retirada das carnes. Essa etapa do meio é sempre a mais difícil, pois uma pequena distração pode fazer com que o trabalho desande, inutilizando uma bandeja inteira de sanduíches. A treinadora me lembra da responsabilidade,

Tudo aqui está interligado. Se você falha ao virar uma carne, gera prejuízo para a empresa porque todos os itens devem ser contados. E o cliente vai precisar esperar mais até sair outra leva. Esse não é o Padrão.

Acho graça toda vez que se referem ao Padrão como um tipo de lei. Brinco disso com a treinadora, que fica séria e não responde, mas às vezes dá um breve sorriso. Ponho-me então a pressionar a espátula no ângulo de trinta graus, empurro com força, mas sem brutalidade, para que ela deslize naturalmente para cima da lâmina, e então termino com uma virada no pulso de mais noventa graus em sentido anti-horário, elevando um pouco a mão para que a carne se deite com a parte ainda crua sobre a chapa, provocando um chiado característico que apenas esse ingrediente dessa rede de lojas consegue produzir. O movimento deve ser repetido na próxima carne naturalmente até perfazer as duas colunas, cada uma composta por meia dúzia de carnes.

A virada das doze carnes em menos de seis segundos é uma façanha que apenas alguns gerentes e a própria treinadora seriam capazes de executar, ainda que eles não exerçam esse tipo de atividade no dia a dia, o que reforça o mito. Entram em ação apenas em situações de emergência, como a falta ou atraso de funcionários em dias e horas de alto movimento, ocasião nas quais eles chamam a atenção pela habilidade guardada na memória corporal. No caso dos gerentes, essa agilidade contrasta bruscamente com o fato de estarem fora de forma, como se fossem ursos lutando *kung-fu*.

Quando pergunto para a treinadora se é verdade que ela vira as doze carnes em menos de seis segundos, ela me repreende, diz para não perder tempo com essas bobagens, a fim de me concentrar apenas nas técnicas e no tempo necessário para proceder com essa fase da montagem dos sanduíches. Fico orgulhoso por conseguir virar as carnes, mesmo que lentamente, jogando algumas para o lado errado, outras são rasgadas ao meio, mas a treinadora acalma meu nervosismo ao dizer que é assim mesmo, acontece com todos no início.

Depois de um tempo sobre ela, a chapa vai se tornando uma companheira amigável, como um animal domado. Olho para os braços, que estão brilhando, tomados por uma camada de gordura que subiu e se transformou numa segunda pele. A treinadora orienta para que eu faça uma pausa, vá lavar o rosto e beber água, retornando rápido, pois está chegando a hora de alto movimento. Ao me olhar no espelho, vejo sobre meu rosto uma espécie de máscara gordurosa mesclada ao suor. Tiro o boné, os cabelos estão empapados, mas acho que parte se deve às condições da chapa, e parte é resultado do próprio nervosismo que senti.

De volta, sei que o normal não seria ficar ali na hora do alto movimento, pois deveriam convocar algum funcionário mais experiente. Mas também creio que a treinadora está querendo me testar. Talvez para ir logo para o balcão, rumo à bolinha verde do crachá, a última e mais difícil insígnia. Já ouvi que nem todos vão para essa fase, não só por requerer habilidades de empatia com o público e fazer contas, mas sobretudo porque nem todos são confiáveis e não é difícil flagrarem alguns afanando dinheiro de compras não registradas.

É por isso que começo rapidamente a selar, virar, tirar as carnes à medida que as solicitações chegam. Sinto-me um tipo de robô feliz ali, agindo quase instintivamente, sem ouvir sons, sentir calor, e a mente se esvazia. A treinadora me deixa sozinho, vê que estou fazendo corretamente o que deve ser feito. Comunico-me naturalmente com o outro funcionário que prepara os pães e os condimenta para receber as carnes e mandar para que o coordenador de pedidos encaminhe e administre de acordo com as demandas vindas do balcão.

A tranquilidade é tanta nesse processo que depois de uma hora e meia não ligo para o suor que sai da minha cabeça, passa pela testa, desce pelo nariz engordurado e pinga chiando sobre a chapa, com algumas gotas caindo mesmo sobre as carnes. Meu procedimento de autômato não me faz reparar que uma fatia de queijo cai no chão, e ao virar para pegar a próxima bandeja piso nela. O escorregão faz com que a bandeja vire, batendo na borda da chapa e provocando um barulho que chama a atenção de todos. Desequilibrado, não consigo evitar que meu corpo tombe por cima do metal quente, e a única coisa possível de fazer pelo instinto é me apoiar com as mãos para não cair com o rosto.

Os funcionários mais velhos costumam brincar dando tapas rápidos na chapa. O toque numa fração de segundo não produz nenhum efeito na pele fina da palma da mão. Mas basta que se permaneça tocando aquela superfície por mais um instante para que uma queimadura surja. É esse o pavor que sinto quando minhas mãos servem como base para todo o peso da parte superior do meu corpo.

O gerente do balcão tenta tranquilizar os clientes e diz que não é nada, mas pela expressão dos funcionários após ouvirem o berro que sucede o barulho da bandeja é impossível omitir que se trata de um acidente.

Todos na cozinha estão acostumados com o cheiro das carnes processadas que passam por ali, 100% bovinas, segundo as caixas, ainda que mundialmente circule um mito segundo o qual os hambúrgueres da rede são constituídos por minhocas. Os exaustores dão conta de sugar boa parte da fumaça produzida no preparo, mas ainda assim um aroma típico daquela gordura atravessa toda a loja, estrategicamente chegando ao balcão e se espalhando nos narizes dos clientes que estão escolhendo o que pedir. No entanto, a carne humana tem um odor diferente. É o que sinto de imediato, mas no desespero não imagino o quão rapidamente o cheiro do meu corpo está subindo numa fumaça horrenda, acompanhada pelo meu grito de dor.

Tudo isso se dá em poucos segundos, tempo suficiente para que eu me jogue para trás assim que retomo o equilíbrio, auxiliado pelos colegas mais próximos. Todos ficam horrorizados ao notar que um pouco de sangue escorre pelos meus braços, e só então descobrem que a pele das duas mãos se desprendeu, permanecendo na chapa como desenhos pintados numa caverna.

O equipamento da loja é projetado para uma produção em série, e obviamente não possui um sensor de emergência para esfriamento rápido ou algo parecido. Daí que as duas palmas continuam fritando e mudando de cor ao lado dos hambúrgueres que não foram retirados. Ambas as carnes, bovina e humana, ficam então com o mesmo tom, como se estivessem respeitando a regra de coloração e textura designada pelo Padrão. Ele não pode mudar.

Há *kits* de primeiros socorros, pomadas para queimaduras, mas a estrutura para acidentes mais sérios inexiste na loja. O gerente de bigode, que geralmente fica na pequena gerência, pede que sejam tomadas todas as providências, fala de soluções, coordenação, os clientes e outras coisas que eu, em choque, não consigo entender. A treinadora, que pelo menos aparentemente é uma das poucas pessoas a demonstrar algum controle, diz que vai me levar para um hospital.

As minhas mãos são envoltas em gaze, mas sobre elas ordenam que seja colocado um avental, a fim de esconder qualquer gravidade ao passarem pelo balcão. Após receber dinheiro para táxi do fundo rotativo, a treinadora sai comigo, e tento esconder dos colegas e dos clientes o inevitável choro. O gerente do balcão reitera que está tudo bem, isso acontece, e grita frases motivadoras para a equipe do atendimento não perder o ritmo, pois é hora do *rush*.

9

Meu irmão fica feliz ao me ver chegando mais cedo. Pergunta se vamos lutar boxe com aquelas luvas, e começa a fazer os movimentos da luta me dando socos leves. Só depois é que vê minha expressão de dor, entende que há algo errado e me abraça. Durante quase todo o tempo esse moleque me trata como se eu fosse um herói, especialmente quando guardo meu sanduíche do *break*. Mesmo estando vencido — pelo Padrão o produto fica impróprio para o consumo dez minutos após ser montado —, é devorado com avidez, enquanto ele me pergunta sobre como as coisas funcionam nas vísceras da loja, que na imaginação dele é algo imenso, perigoso e repleto de aventuras. Mas em momentos como esse o garoto parece esquecer por um tempo que sou invencível e quer acolher e ajudar. Por uns minutos, parece ser o pai que já não tenho. Que já não temos.

Ao chegar do trabalho mais tarde, a mãe entra em desespero, quer abrir as ataduras para ver a gravidade do ferimento, mas quero tranquilizá-la e digo que é algo superficial. Todavia, ela sabe facilmente reconhecer quando os filhos mentem. Mistura o desespero instintivo ao ver o filho machucado com o receio de eu ser demitido. Essa segunda linha de pensamento a enche de culpa, mas olha o caçula e não consegue deixar de pensar no quanto seria difícil perder a nova fonte de renda para a casa. Por isso ela tem cuidado redobrado nos seus afazeres de doméstica, pois qualquer impossibilidade de trabalhar significaria a dispensa automática. Quando digo que terei licença remunerada, ela tem certo alívio, e metade da preocupação se vai. Na atividade dela nada disso existe.

Cuidar de mim nos primeiros dias se torna difícil. Impossibilitado de usar as mãos, sem ir também à escola, fico em casa lendo e vendo televisão, e até me alimentar se torna algo bastante desafiador. A segunda tia aparece a cada três dias para ajudar. E meu irmão inventa um tipo de brincadeira na qual finge não ter as mãos, novamente me imitando, mas em pouco tempo as distrações se tornam entediantes.

Quando a gente se acostuma com a rotina corrida, ficar em casa com o ritmo diminuído abruptamente se torna um grande desconforto. Não posso desacelerar, preciso sair e ver as pessoas. Sinto-me logo vulnerável e incapaz. Embora a televisão traga um alívio imediato, fica logo cansativa com os programas terríveis que passam à tarde.

Ouço o último disco da Legião Urbana, até a agulha furar, e às vezes canto em voz alta e começo a enxergar em alguns versos a minha própria vida,

Sempre precisei
De um pouco de atenção

Acho que não sei quem sou
Só sei do que não gosto
E nesses dias tão estranhos
Fica a poeira se escondendo pelos cantos.

Agradeço à banda ter feito essa canção para me acompanhar. Falo os versos isolados, em tom declamatório, fora do ritmo da música, e isso me faz bem.

Não posso sair e usar orelhão, tampouco usar o telefone da velha proprietária, conforme orientação da mãe, para "não dar mais trabalho". Enquanto meu irmão está na escola, percebo-me isolado do mundo. Essa angústia passa ao receber a inesperada visita da treinadora, uma baixinha e um negro que nunca vi.

Inicialmente, fico acanhado por não ter um lugar melhor para recebê-los, mas rapidamente vejo que estamos todos no mesmo barco. Somos todos do mesmo barco, acomodados no colchão-sofá.

A baixinha tem cabelos longos e lisos, além de olhos grandes, quase desproporcionais à estatura diminuta, mas que no conjunto conferem um tipo de projeção ao restante do corpo, deixando-a maior. É a primeira vez que a vejo sem o uniforme. Sei que ela é namorada do mudo, um funcionário mais velho, forte e de poucas palavras do turno da manhã, e por isso achei melhor nunca me aproximar dela, a fim de evitar problemas. Ao cumprimentá-la, estendo a mão por instinto, mas logo puxo de volta com medo de que o ferimento seja apertado, e rimos.

Ofereço água e café que ainda sobrou da manhã, e a treinadora apresenta o negro,

Ele está começando nesta semana. Mora perto de mim e costumamos ir no mesmo ônibus. Ele está no lugar daquela que entrou com você, a que tinha excesso de ambição.

Olha aí, camarada, cuidado com a chapa, digo estendendo as mãos.

Esses acidentes acontecem, continua a treinadora, mas são raros. Há alguns anos, em outra loja, uma garota caiu com o rosto e ficou com uma cicatriz bem feia. Saiu e processou a empresa.

E ganhou?, pergunta o negro.

Não, responde a treinadora. Os advogados da rede são muito preparados para esse tipo de coisa. No contrato de trabalho assumimos esses riscos.

Nós quatro ficamos em silêncio por uns segundos, mas logo mudam de assunto. Mesmo com pouco tempo de loja, o negro mostra uma incrível capacidade de imitar todos os gerentes, e essas caricaturas das autoridades fazem o grupo se sentir com uma felicidade transgressora. Em minutos, estamos cantando paródias de músicas populares envolvendo o gerente de bigode, e mesmo a seriedade da treinadora não resiste às *performances*.

Quando os colegas saem, sinto-me realmente confortado pela primeira vez desde que queimei as mãos.

Dias depois, é possível pegar objetos leves, ainda que não dê para mexer os dedos para qualquer movimento de garra. Ao refazer o curativo, as cascas começam a se soltar e confirmo algo que temia: as impressões digitais e o grande M de cada palma estão se transformando numa única e grande cicatriz. Ironicamente, penso que a loja teria que devolver os meus M, mesmo que fosse com aquela fonte da letra gigante que está na frente do restaurante.

10

O retorno para a escola e o trabalho trouxe uma sensação boa. Mesmo o cheiro típico da gordura, que se perde após semanas de trabalho numa lanchonete, parece ter voltado. Tudo ali agora é novo.

Ao vestir o uniforme, sou é informado pelos colegas que a baixinha, com toda simpatia e segurança que demonstrava, foi flagrada roubando dinheiro do caixa e demitida sumariamente. O mudo, ao saber, encerrou o namoro, também decepcionado, mas há quem defenda que se trata apenas de uma desculpa para não se associar ao delito, e que ambos continuavam se encontrando fora do horário de trabalho. Outros comentam que estavam endividados com as contas decorrentes dos móveis que compravam para um casamento iminente. Uns ainda levantam a tese de que ambos estão viciados em drogas e que o parco salário já não é suficiente, enquanto que uma pessoa julga se tratar apenas de cleptomania.

Mas isso não interessa, me diz a treinadora. O importante é que você vai ser treinado agora para ficar no caixa.

Sinto-me privilegiado ao pular as etapas da chapa. Ao passar pela cozinha, sinto o braço, mais uma vez, tremendo. Suo frio e não acredito que consiga um dia voltar a ocupar aquele posto.

Após semanas de notícias espalhadas com alguma inflação — segundo a versão que as pessoas dos outros horários receberam, um rapaz queimou não só as mãos mas também os dois braços —, todos querem ver como ficaram as cicatrizes. Estendo as duas palmas, que se parecem agora com folhas de papel pardo amassadas. Alguns tocam, as meninas com certo nervosismo, para sentir a textura. Olham para mim com uma desagradável compaixão, mas logo informo que não sinto dor nenhuma e tanto os movimentos quanto a sensibilidade não foram afetados.

A treinadora deixa claro que a função de caixa é uma das mais importantes da loja. Primeiramente, porque é para onde confluem todos os esforços daquela estrutura. O Padrão existe para que uma orquestra seja montada de forma harmoniosa, cadenciada e segura, desde o momento em que o material chega dos fornecedores, é tratado milimetricamente até ser servido no balcão de forma rápida.

Mas também é por onde entra o dinheiro. E isso aqui é um negócio, acima de tudo, afirma ela, em tom sério.

Em pouco tempo, decoro a sequência de teclas e a ordem do troco, além de como sugerir vendas de produtos, de acordo com as orientações do gerente do balcão. A treinadora deixa claro que eu não posso manipular nenhum alimento em ocasião alguma, uma vez que mexo com dinheiro, e a vigilância sanitária está sempre enviando fiscais disfarçados em busca de algum deslize. Dessa forma, me sinto privilegiado em ficar naquela posição parado, sem precisar correr.

Só falta um banquinho pra sentar, brinco com o gerente do balcão.

Mas aí você já está querendo demais, responde o gerente. Você já não ficou descansando tempo suficiente?

Essa minha fala infeliz dispara no gerente do balcão a lembrança de que a equipe não pode ficar sem trabalho em momento algum, pois isso estimula a preguiça e contribui para a diminuição dos desempenhos. Como ainda é horário de baixo movimento e não há muito o que fazer, puxo assunto com a funcionária mais velha, que quase sempre está no salão. Antes que ela responda, o gerente do balcão chama a nossa atenção,

Vocês sabem que não é para conversar no horário de trabalho, ainda mais distraindo quem está no caixa. Depois do que aconteceu, é preciso ficar de olho...

A senhora sai resmungando algo sobre a demissão da baixinha,

Ela é que estava certa...

Mas o gerente do balcão sabe que não deve dar crédito para o que a senhora diz. Recomenda que não me deixe influenciar por ela,

Essa daí é desgostosa com a vida. Não deixa ela te contaminar com revolta, pois você pode se dar mal. Os cabeças da loja têm pena dela, mas não de quem age de acordo com o que ela diz.

E eu, sem querer me meter em confusão no primeiro dia de retorno, apenas concordo. Em seguida, o gerente do balcão pede que todos limpem os caixas, cada tecla, as laterais, a parte de baixo, para onde sempre rolam grãos de gergelim ou outras poeiras, e que por fim eu limpe com álcool todo o balcão de alumínio, para que não fique nenhuma mancha de mão. Para mim, fica a dúvida se essa ordem é apenas uma rotina ou uma advertência em relação à conversa com a senhora, que nesse momento fala sozinha enquanto passa o esfregão num lugar que limpou há poucos minutos. Mesmo quando tudo para, ninguém pode ficar parado.

11

Pelo menos uma vez por mês são realizadas festinhas na casa de algum funcionário ou de conhecidos, na qual alguns colegas de outros turnos são bem-vindos. Antes de sair para o trabalho, deixo minha mãe avisada, e não saio sem ouvir muitos alertas e recomendações quanto a horários, o perigo da violência das ruas e outros exageros maternos, respondidos apenas com muitos oks. Vou trabalhar com uma das poucas roupas novas que possuo. Ainda que o salário seja baixo, a metade que sobra foi suficiente para ter comprado um blusão excessivamente colorido e uma calça *bag*, além de um sapato de camurça.

Vou com todos os colegas, após o trabalho, para a minha primeira festa. Já fui a eventos parecidos, outros aniversários de colegas de escola, sob o controle dos pais deles, sempre saindo rapidamente. Agora parece outra fase, algo totalmente novo e enigmático.

Ao entrar na casa do gerente do balcão, que é o mais novo entre os chefes, sinto que estou numa festa onde todos são adultos, tratados como adultos, mesmo que boa parte seja menor de idade, como eu. Por isso é que são servidas bebidas alcoólicas variadas com a maior naturalidade, e logo me vejo bebendo cerveja, alternando com vodca e outras coisas que não identifico. Há pouca coisa para comer. Apenas a treinadora não bebe, e quando brinco com ela chamando-a de careta e certinha, ela diz que não entende, pois estou falando com a voz toda enrolada.

A noite avança, e os móveis da sala afastados permitem que se abra espaço para que todos fiquem mais à vontade. Dançam *rap*, alguns com passinhos ensaiados, e tento imitá-los, mas minha falta de jeito se soma aos efeitos do álcool e caio. Todos riem e me levam para o sofá onde, embora negue estar bêbado, pego no sono.

Duas horas depois, acordo sentindo um cheiro estranho. Algumas pessoas foram embora, a música está mais baixa e todos estão sentados em círculo. Ao meu lado, vejo a baixinha, e a cumprimento,

O que você faz aqui? Não foi demitida roubando?

O negro, mais resistente a bebida mas já com algumas alterações na voz, pede desculpas pela minha falta de filtro,

Não liga não. É a primeira festa dele e já está bêbado. O garoto não aguenta bebida, é fraquinho.

Digo alto que não fico bêbado, que não sou como minha tia e meu pai. Quase choro mas começo a rir. Os outros riem também, de mim e de outras coisas que conversam entre si, e só então percebo que está circulando um cigarro de maconha. A baixinha dá um trago, aperta os olhos e joga um pouco da fumaça no meu rosto, enquanto me passa para que eu fume,

Pega o baseado. Deve ser coisa nova pra você, não é? Fica com medo não.

Embora apenas ela preste atenção direta em mim, fico com o receio natural de demonstrar imaturidade, e puxo a fumaça para dentro da bochecha, soprando logo para o outro lado. Mas a baixinha pega de volta e ensina,

É preciso puxar para dentro, assim...

Ela me devolve, mas continua segurando uma das minhas mãos e começa alisar a cicatriz. Ao tentar repetir o que ela fez, sinto a fumaça quente descendo para os pulmões e começo a tossir. Levanto-me e vou para o banheiro.

Tonto, bebo água da pia. Continuo tossindo e olho para o teto, que está girando. Sento-me na privada e não sei mais o que fazer, mas começo a me sentir estranhamente relaxado.

Minha cabeça balança de um jeito bom, e nisso a baixinha entra no banheiro e tranca a porta. Eu me levanto assustado, mas ela me abraça,

Por que saiu correndo? Eu só vim saber se está tudo bem.

A baixinha começa então a esfregar seu pequeno corpo no meu, e respondo instintivamente beijando-a e passando a mão em todos os lugares possíveis. Ambos sabemos que ela é mais experiente, e estou tremendo e arfando. Ela alisa o meu rosto, e com a outra mão começa a abrir a calça *bag*. Já investigo com a mão por baixo do vestido preto e ela começa a gemer. Diz que minha mão é especial, tem um atrito diferente. Sei que é por causa da cicatriz. É a primeira vez que essa queimadura me traz alguma vantagem.

Quando tudo parece bem, a baixinha se afasta de mim. Imagino que ela queira parar e penso em pedir desculpas, mas ela apenas me puxa pela mão para que me sente na privada. Retira uma camisinha de um dos pequenos bolsos camuflados do vestido, o que me faz concluir que ela já veio para o banheiro intencionada. Antes que eu pegue o preservativo ela se adianta, e com movimentos rápidos abre o plástico e desenrola o objeto. Quando percebo, já se acomoda sobre mim de frente, conduzindo com a mão por trás para se encaixar e deixar que eu deslize para dentro dela. O sobe e desce da baixinha não dura mais que alguns segundos, e os meus beijos desajeitados logo se transformam em um urro que faz minhas pernas tremerem.

A baixinha se levanta rapidamente, ajeita a roupa, dá um beijo na minha testa e volta para a sala. Adormeço rapidamente, totalmente relaxado, ainda com a calça *bag* abaixada.

12

Ao final do treinamento no caixa, sou chamado pelo gerente de bigode. Dentro da pequena gerência, o chefe me cumprimenta sem olhar, enquanto preenche com números uma imensa tabela formada por quadradinhos minúsculos.

Desde que cheguei na loja há alguns meses, nunca tive uma conversa mais longa com esse sujeito, tão admirado quanto alvo de deboche, e ao mesmo tempo tão temido. Enquanto aguardo, faço silêncio para não atrapalhar o trabalho dele, mas sou tomado por certo incômodo. Não sei se devo tentar olhar para o que está sendo preenchido e ser flagrado espionando dados sigilosos, mas isso seria impossível de ser evitado em função daquele cubículo, onde mal caberiam três pessoas de pé. Tento disfarçar o nervosismo olhando um ponto fixo no quadro de energia perto do teto, até que o gerente de bigode, sem parar de preencher a tabela, pergunta,

Então você queimou as duas mãos na chapa, não é? Já melhorou?

Sim, sim, respondo. Acho que se não tivesse melhorado nem estaria aqui, não é?

O gerente para a caneta no meio de um número e olha para mim. Imediatamente sinto ter dito algo indevido, mas tentava apenas ser engraçado. Engulo saliva enquanto espero a repreensão, que vem imediatamente,

Não estaria. Este estabelecimento segue rigorosamente a lei.

Enquanto o gerente volta a preencher a tabela, percebo que ele deu um sorriso de sarcasmo. Tento dizer que estava brincando, mas o chefe joga a caneta sobre o papel e se volta totalmente para mim. Pede para ver as mãos cicatrizadas, coça o bigode e informa que as regras da empresa são claras quanto a esse tipo de risco e, nos raros casos em que funcionários acidentados processaram a empresa, perderam. Então o interrompo,

Mas eu não quero processar a empresa. Eu caí, foi acidente...

O gerente dá uma risada e bate no meu ombro,

Queria que todos tivessem a sua inocência. Mas você sabe, é uma rede internacional muito grande, muito rica, e não faltam pessoas querendo um dinheiro fácil. Ainda mais nesses tempos de recessão. Veja bem, meu querido, você é um garoto diferente, mais inteligente que a média aqui. Sua treinadora fez um relato elogioso sobre o seu progresso. Vai ficar no caixa por um tempo. Já soube que é uma área nobre por aqui, não é?

Sim, sim, digo. É preciso ser muito responsável para lidar com dinheiro e os clientes.

Pois é, continua o gerente. E para a empresa esses dois itens, clientes e dinheiro, são a mesma coisa, entende?

Sim, claro, concordo, mesmo achando esse raciocínio estranho.

E é bom saber, continua o gerente de bigode, agora voltando para a tabela, que podemos confiar em pessoas inteligentes como você. Só não pode fazer o que a sua coleguinha fez, não é?

De forma alguma, digo.

O gerente sabe que estou sendo apenas aparentemente submisso, pela forma como cerro as sobrancelhas. Sabe que funcionários como esse podem dar trabalho. Tem certeza de que eu não roubaria dinheiro do caixa, como fez a baixinha. Mas conhece o tipo, que sou dos mais perigosos, naturalmente capaz de concentrar revolta e engajamento. Lembra-se de quando foi assim, garoto cheio de perspectivas, e como elas foram se fechando à medida que apareceram as possibilidades de promoção na empresa. O gerente de bigode sabe que eu não tenho essas ambições de seguir carreira ali, tem ciência de que, mais cedo ou mais tarde, de uma forma ou de outra, vou cobrar da loja e de todos os que a representam o preço de ter as palmas das duas mãos desfiguradas. Por isso continua,

Veja bem, não nos cabe julgar o motivo mais ou menos nobre da sua colega. Eu não posso ter pena se ela roubou o dinheiro para comprar remédios para a mãe doente, por exemplo. Cabe a cada um aqui dentro cumprir um conjunto de missões, e a minha é não permitir que nada saia do Padrão. E se um funcionário está com fome e durante a fritura de batatas pega uma e leva até a boquinha, ele está roubando um patrimônio da empresa. Se um cliente olha essa cena ele vai ter duas reações: vai ficar com pena do pobre sujeito que trabalha com comida mas mesmo assim está morto de fome, ou, o que é mais provável, vai desenvolver um nojo daquela batata frita. E esse asco vai fazer esse cliente, que é o nosso foco aqui, deixar de comprar a batata ou mesmo toda a sua refeição. Mas não para por aí, pois essa rejeição aos nossos produtos provavelmente vai ser transmitida para todos os conhecidos daquele cliente, e depois pode se dissipar numa proporção inimaginável. Você entende o que eu digo?

Para mim, toda essa falação tem algum sentido, só não sei qual. Mas só resta concordar,

Claro. Tudo aqui dentro da loja é propriedade da empresa.

Mesmo convencido de que não estou sendo cem por cento sincero, querendo apenas me livrar da pressão do chefe, o gerente de bigode finaliza,

Então você compreende os princípios da instituição e o olhar que eu deito sobre os que estão fazendo toda essa máquina girar. Vai ser um bom caixa para a loja.

13

Na hora do *break*, como é chamado o intervalo de trinta minutos a que temos direito, encontro os colegas na sala dos funcionários. Querem saber detalhes sobre o que eu conversava com o gerente de bigode da loja, que não costuma dar muita confiança para os funcionários "de chão", os soldados rasos.

O gerente de bigode gosta de cofiar os pelos do rosto desde antes de descobrir esse verbo. Ao passar por todos os setores, as conversas cessam e todos os jovens simulam uma prodigiosa seriedade. Trata-se de uma autoridade estranha e mítica no universo da loja, abaixo apenas do franqueado. Mas, como possui vasta experiência na gestão de uma lanchonete — na gerência está estampado o seu diploma do curso realizado no exterior —, não hesita em dizer verdades ao próprio dono da loja, que o escuta por dois motivos: primeiramente, não é fácil encontrar um gerente com essa bagagem no mercado; segundo, que suas posições são sempre fruto de ponderações corretas.

Sabendo do seu lugar, o gerente de bigode anda pela loja com ar superior e frio. Comenta-se que demitiu um gerente de equipe, inferior na hierarquia, que havia discordado acerca da temperatura correta na qual uma porção de *nuggets* deveria ser servida. Confirmado o equívoco após a consulta ao manual, o gerente o pôs na rua argumentando que houve desacato e tentativa de desvio do Padrão, que resultaria num serviço inferior prestado aos clientes. Simples e lógico, parece ter o coração de um ditador e a mente do Dr. Spock.

Por isso tudo é que o grande chefe da loja é frequentemente transformado em objeto de riso nos bastidores. No *break*, antes que eu comece a dar meu depoimento, começa a sessão de escárnio. O negro, já enturmado, possui um bigodinho proeminente, que puxa imitando o chefe,

Veja bem, meu querido. Você queimou a mãozinha e agora vai ficar no caixa para não denunciar a loja, ok? Mas olha, não rouba não, ok?

Todos caem na gargalhada, enquanto não resisto e começo a imitá-lo também, até que a treinadora entra na sala. Ela se senta, começa a fazer o seu lanche, repara no que todos fazem, apenas sorri meneando a cabeça. Todos têm confiança nessa jovem mulher, mesmo sabendo que ela não pode entrar na brincadeira diretamente, e respeitam esse espaço limitado de transgressão, porque é uma questão de respeito mútuo: a treinadora jamais delataria para os superiores qualquer atitude de zombaria oriunda de um bando de adolescentes.

A sala dos funcionários fica no segundo andar da loja, cujo acesso se dá por um corredor interno. Todos sabem que nada pode ser ouvido da cozinha, geralmente muito barulhenta, que abafa também qualquer som lá de cima antes de chegar à pequena gerência. Mas algo de que poucos desconfiam é a frequência com que alguns gerentes, inclusive o de bigode, se sentam ao pé da escada para ouvir o que conversamos. De início, o argumento era investigação sobre supostos roubos, como o que ocorreu há pouco com a baixinha, ou mesmo para que se conheça mais sobre possíveis insurreições insufladas por um ou outro garoto mais questionador. Mas nenhum deles assume que a prática se dá pela mera curiosidade acerca do que lhes escapa, prática também conhecida por fofoca.

No entanto, o que motiva o gerente de bigode a deixar suas microtabelas de números e se sentar no pé da escada da sala dos funcionários é a conversa que teve comigo. Sabendo que todos os funcionários da cozinha assistiam, conclui que é natural a curiosidade dos outros garotos sobre os rumos do funcionário que queimou as duas palmas das mãos. Ele se decepciona ao saber que até ali nada foi feito de mais subversivo que apenas as imitações de sempre, para as quais dá pouca importância. No fundo, o gerente de bigode se sente bem em ser criticado, via humor, apenas às escondidas. Isso reforça a impossibilidade de os jovens o afrontarem diretamente.

Mas quando a primeira sessão de gargalhadas cessa, começam a falar mais seriamente. O negro me pergunta se pretendo processar a empresa por ter perdido as impressões digitais, o que pode me trazer prejuízos com a emissão de documentos, por exemplo. Eu titubeio,

Não sei, acho que por agora não. Essa cicatriz é feia, mas nem dói mais. E tem outra coisa. Nem sei como fazer isso, essa coisa de procurar advogado. Preciso desse trabalho aqui. Já soube do caso parecido que deu em nada. Então no final eu posso ficar sem indenização e sem emprego.

Correto, comenta a treinadora, sem tirar os olhos de um manual que está lendo.

O negro insiste,

Cara, um tio do meu vizinho é advogado. Posso apresentar vocês dois. Você não pode pensar assim. É preciso lutar pelos nossos direitos, senão a nossa vida vai ser sempre essa merda. A gente não pode se contentar com essa realidade, com essa exploração...

O gerente de bigode não resiste e sobe os degraus calmamente. Ao atravessar a sala, todos ficam em silêncio, inclusive o negro. Apesar de interromper a fala, é o único que não baixa a cabeça. Encara o gerente, que olha para ele rapidamente e se volta para abrir um armário,

A que realidade de merda você se refere? Tem a ver com o trabalho aqui?

Eu estou falando de questões gerais, chefe.

O negro já soube que o gerente de bigode tem aversão a esse tratamento, e sempre responde automaticamente com,

Quem tem chefe é índio. Aqui na loja trabalhamos com...

...lideranças, completa o negro, irritando o seu superior, que continua,

Olha, meu querido, se você pensa em estimular os seus colegas a fazer coisas para burlar o nosso sistema, saiba que existem opções aí fora esperando. Ou não tem tanta coisa? Posso estar desatualizado em termos de mercado de trabalho, mas não preciso dizer que quase todos os dias aparecem pessoas aqui preenchendo fichas, querendo as vagas de vocês. Desse modo, essa conversa de processo, indenização, quebra-quebra, revoltinha, comunismo, essas bobagens de adolescentes, vocês podem treinar lá fora, mas aqui dentro nós seguimos regras e quem não está satisfeito com elas fique à vontade para solicitar o desligamento. Ninguém aqui, nem eu, é insubstituível.

O gerente se volta para mim,

E, além disso, já tivemos a nossa conversa, não é?

Sem graça, apenas aceno com a cabeça confirmando, enquanto o gerente de bigode pega uma pasta aleatoriamente e desce as escadas sem olhar para mais ninguém, apenas dando um boa-tarde frio a todos. Quando os sons de passos nos degraus terminam, o negro começa a chorar de ódio, se levanta e vai para o banheiro, seguido pela treinadora. Ela já viu esse tipo de situação e o conforta,

Calma, fique calmo. Seja estratégico, respire. Cada coisa em sua hora, meu amigo.

É então que me sinto confuso, com vergonha de mim mesmo, mais uma vez. Penso no amigo que não defendi, e ao mesmo tempo visualizo a perda do emprego e as consequências que teria em casa, e não consigo mais comer porque a garganta fica apertada.

14

Tudo com que a treinadora sempre sonhou desde a infância foi tirar a família daquela miséria. A favela onde mora é controlada por policiais que cobram para proteger o local e não a livram de lhes pagar uma parte do salário todos os meses. Por isso, sair de chão para treinadora em apenas seis meses foi uma conquista imensa, que hoje permite a ela cobrir as compras e as contas de casa e ainda pagar por essa segurança simulada.

A treinadora não consegue comparar o padrasto com o pai, que desapareceu tão logo ela nasceu. Embora chegue em casa bêbado quase todos os dias e nem de longe busque ser um exemplo de virtude, ele a criou como filha e sempre estimulou que saísse daquela condição em que viviam,

Você precisa ser melhor que isso aqui, melhor que sua mãe, que eu, que essa vizinhança invejosa que cerca a gente.

E assim a treinadora criou um olhar sutilmente crítico e distanciado da família e até de si mesma, mantendo apenas um fio de canal que lhe permitisse as manifestações básicas de afeto.

Essa postura quase fria, se causa dúvidas em casa e entre os vizinhos — ela nunca chora, ela nunca ri —, cai perfeitamente no ambiente de trabalho da lanchonete e no Padrão que a rege. Seu cabelo, sempre preso, o uniforme exemplarmente passado e limpo todos os dias, somados à postura exemplar diante de subordinados e chefias, fazem da treinadora um elo forte na cadeia hierárquica da loja. Apesar de tanta competência, não parece incomodar ninguém, nem mesmo a ela, o fato de estar há oito anos estacionada nesse cargo — uma eternidade no relógio interno do *fast-food*.

Quando o gerente de bigode a chama na gerência para se atualizar sobre as últimas reações dos funcionários, ele já sabe que os princípios éticos da treinadora a impedem, naturalmente, de fazer qualquer tipo de delação. Todos os gerentes sabem que também jamais ocorreria o contrário, ela insuflar revoltas do chão contra os mandachuvas. O entrelugar em que ela vive, *mezzo* chefia *mezzo* chão, acaba sendo um pilar para ambos os lados. Ainda assim, o gerente de bigode tenta,

Sei que você visitou o menino das mãos queimadas. Foi junto com o revoltadinho e a outrazinha que andava nos roubando. Existe alguma ligação entre essas pontas ou é só uma cisma deste velho de guerra aqui?

A treinadora, em nenhum momento, tira os olhos do gerente, que puxa e enrosca o bigode enquanto fala, observando sua interlocutora acuradamente a fim de captar qualquer vacilo. Mas como ela também já conhece esses maneirismos, sabe responder com toda a naturalidade,

Eu estava treinando ele na ocasião do acidente. E por isso me sinto parcialmente responsável por aquilo ter acontecido. É um garoto começando a vida no trabalho, e que precisa do emprego, assim como quase todo mundo aqui. Eu quis apenas oferecer o conforto e a consideração de uma visita. Os outros dois fazem o mesmo caminho para a loja e todos estavam preocupados com ele, pois a cena foi impressionante para a maioria que estava presente. Quanto ao roubo, eu sabia tanto quanto qualquer um de vocês. A garota já não estava em treinamento há muito tempo e por isso eu não tinha como atribuição acompanhar as rotinas dela. Isso caberia ao gerente do balcão. Existe alguma dúvida quanto a isso?

Não, não, responde o gerente de bigode, levantando as duas mãos. Ninguém aqui duvida de você. E ai de quem duvidar. Eu te peço perdão por ser excessivamente desconfiado, ressabiado, calejado, todos esses anos que a experiência vai jogando nas nossas costas. Quem, no meu lugar, não seria? Veja bem, minha querida, eu me preocupo também com todos vocês. Esse rapaz novo tem futuro, talvez fora daqui, quando passar pela fase do primeiro emprego e quiser alçar outros voos. Isso é saudável e necessário. É marca da nossa companhia prezar pelo crescimento do indivíduo. Mas estou dizendo isso para quem? Você sabe disso tudo mais do que eu. Quantos meninos desses passaram por você? Dezenas, centenas? Então você sabe que não me preocupa muito esse menino. Ele se recuperou dessa queimadura, que é um risco no ramo em que trabalhamos, e vai seguir em frente. O que me preocupa mesmo é o outro, o pretinho, que parece ter revolta demais no espírito, sabe? Fica cantando esses *raps*, querendo influenciar os outros, diz que tudo o que se passa aqui dentro é fruto de um sistema capitalista cruel, essas bobagens de adolescentes. Já observei ele fazendo isso com várias pessoas, e parece que está o tempo todo vendo coisa onde não existe. Ou será que existe? Me diga, por favor.

A treinadora continua olhando fixamente para o gerente de bigode, mas dessa vez está de braços cruzados enquanto recebe essa última e capciosa pergunta. Para ela, esse tipo de questionamento não chega a ser um desafio. Sabe até onde pode ir, e por isso mesmo sabe muito bem controlar esse espaço que lhe cabe,

Sinceramente, não sei. Acho que é perspectiva de cada um, de acordo com a história de cada um. Não me lembro de ter visto ele estimulando ninguém a fazer nada grave. O que você ouviu agora há pouco foi o quê? Uma música de brincadeira, nada diferente do que qualquer jovem gosta de fazer em relação aos colegas de trabalho. Talvez ele não saiba direito que não se deve imitar o chefe, mas entre eles isso não se pode controlar totalmente, não é mesmo? Também não me lembro de ouvir ele acusando você ou nenhum outro superior de racismo. Isso seria meio absurdo, mesmo porque a maioria dos funcionários aqui é negra ou mulata, como eu, e isso condiz com a classe social que costuma trabalhar em lanchonetes no nosso país, não é?

Sim, claro. Humm, tudo isso é correto, concorda o gerente, enquanto continua mexendo no bigode.

Talvez esse garoto tenha seus motivos para ser mais engajado, continua a treinadora. Sabe-se lá o que ele ou sua família sofrem ou já sofreram. E, como eu disse, ele não faz nada que seja preocupante, e não vejo ligação perigosa entre as duas coisas que você identificou, brincar imitando e cantando e ser indignado por conta das desigualdades. De todo modo, parece que isso impulsiona ele a agir. De repente a consciência social, a busca ansiosa pela justiça, essa bobagem toda que você diz, talvez isso tudo seja a mola para que ele se desenvolva aqui mesmo na empresa, e talvez fora dela ao longo da vida. E não é isso que a companhia procura nos seus funcionários, que eles cresçam, se desenvolvam?

O gerente de bigode concorda rapidamente, mas se cansa da conversa. Lembra-se do início, que não conseguiria muita coisa da treinadora, e por isso encerra a reunião. Ela volta aos seus afazeres, e ele se dá por satisfeito, pelo menos por ora.

Ao final do dia, já fora da loja, a treinadora chama a mim e ao negro,

Vocês precisam ter mais cuidado com o que fazem e dizem dentro do horário de trabalho. Nem todo mundo lá dentro é confiável, vocês sabem. E outra coisa que precisam saber é que, enquanto estão de uniforme, a liberdade tem limite, e o nosso gerente sabe disso mais do que ninguém.

Você está dizendo que a gente deve ser submisso?, pergunta o negro.

Não, responde a treinadora. Estou dizendo que vocês precisam fazer o seu trabalho normalmente e atender os clientes da melhor forma possível. Engajamento político é coisa para outro contexto. Você não vai mudar o mundo enquanto está fritando batatas. Mas uma coisa eu peço.

O quê?, quero saber. Pois ela ficou séria.

Não deixem nunca de fazer as imitações das músicas.

Nós três rimos juntos.

Nada melhor que o ser humano. E nada pior.

Troquei uma farda por outra. E não sei até hoje se foi a melhor escolha. Talvez tivesse dado mais orgulho para o pessoal mais velho. De repente teria encontrado uma forma um pouco mais simples de lidar com as coisas, um olhar mais rígido para todos os problemas. Errei? Pago dez. Insisti? Pago cinquenta. Baixei a cabeça para algo em vez de resolver? Pago cem. De tudo o que me faltou — e ainda tanto me falta — ao longo da vida, acredito que o principal foi a disciplina. Faltou rigor para lidar com tudo, inclusive o mundo. Falta olhar agora para trás e encontrar algo de que possa dizer: essa porra valeu a pena.

O pessoal que veio antes pertenceu ao que chamaram de geração perdida. Foi isso aí que me inspirou, essa força que, a seu modo, me impulsionou para a frente com o ímpeto de um caramujo. E é o que aprendi. Mas retire-se ainda do caramujo qualquer perspectiva zen, qualquer jeito contemplativo e calmo, e fique-se apenas com a gosma que sobrar. Essa é a minha geração.

Foi assim que aprendi a tropeçar no tempo. E se volto agora para essa repetição constante que era fazer os mesmos movimentos durante horas, é porque foi ali que me compreendi um pouco homem, um pouco máquina. Repetindo-me, pelo menos eu tinha a sensação de realizar algo corretamente. Um pequeno universo de seres e cheiros que faziam algum sentido e, de certa forma, me protegiam de mim mesmo. Antes que todo o mundo se tornasse uma lanchonete de fast-food, encontrava ali a liberdade dos meus gestos e de mim, esquecia toda a merda que havia lá fora me esperando. O tempo escorre, e volta e escorre.

A gente parece que gagueja em tudo.

PARTE 3

1

Com orgulho, sou um exímio caixa. Para alguns dos clientes, é espantoso ver como aperto as teclas correspondentes a cada item pedido sem deixar de olhar nos olhos deles. Após receber o dinheiro ou tíquete-restaurante e pressionar o botão de pagamento, o caixa se abre e manipulo as notas com rapidez, como se estivesse praticando *nunchuck*. Entrego o troco com um sorriso dizendo obrigado, bom lanche e volte sempre, para em seguida, mas sem violência, chamar o próximo.

Como não podemos manusear alimentos, cada caixa tem um apoio, responsável por pegar o pedido com a máxima rapidez possível, interagindo com a cozinha para solicitar itens faltantes ou avisando quando algum tipo de sanduíche ou bebida acabou. Eu e o negro formamos a dupla caixa e apoio com atendimento mais veloz da loja, o que não impede a transgressão leve de ambos à seriedade que se espera de pessoas com uniforme. Além das piadas e deboches, costumamos interromper bruscamente o atendimento e dançar passos ensaiados de *rap* por alguns segundos, causando, não raro, gargalhada nos clientes.

Mas antes que o gerente do balcão ensaie uma advertência, já estamos de volta ao ritmo do atendimento eficaz. É o preço que se paga por colocar uniforme em garotos, e isso é inofensivo.

Depois de quase dois meses, minhas mãos de papel amassado se tornaram algo comum, e espantam apenas os novos funcionários que chegam a cada semana, a quem a história é narrada de forma cada vez mais banal. Como demonstro grande habilidade no caixa, raramente ocupo um lugar na cozinha — nunca na chapa —, e não tarda para que surjam boatos de que tenho privilégios com os gerentes, com quem, no entanto, estabeleço diariamente uma relação até distanciada, especialmente com o de bigode.

A rotina de equilíbrio entre o trabalho na lanchonete e a escola me faz bem. Fiquei com a baixinha novamente em outra festa, e recebi elogio pela melhora no desempenho. O início do último semestre faz com que um final de ciclo se aproxime. Não sei o que fazer depois, apenas anseio por mais tempo livre no dia a dia. Em casa, a segunda tia sonha com a faculdade, pois eu seria o primeiro da família a ter ensino superior. Mas a primeira tia insiste para que tente seguir carreira na lanchonete, "depois da besteira que fez fugindo da vida militar feito um mariquinha". A mãe, cansada com a rotina, apenas está feliz com o agora, conseguindo comida para dentro de casa e sem acumular dívidas. Ela está tão plantada no presente, preocupada mais com o crescimento do filho menor e o trabalho, que fica um pouco confusa vendo a irmã e a cunhada discutirem sobre o assunto. Mas ela confia na decisão que eu venha a tomar, qualquer que seja.

Ainda faz um pouco de frio nesse meio do ano, um final de inverno relativo, muito entre aspas, que sopra de vez em quando um ar meio gelado. Com a falta de costume, usa-se mais agasalho do que é preciso nessas ocasiões. E assim os clientes chegam da rua com casacos e levam algum tempo para notar que dentro da loja a temperatura está um pouco maior, reforçada pela iluminação forte planejada para que se vislumbrem as cores vivas dos menus.

Atendo os clientes normalmente e tenho o meu ritmo quebrado quando uma garota chega para ser atendida. Ela ainda não decidiu o que quer, pois a fila andou mais rápido do que pensava, por isso fica indecisa e sem jeito na sua vez. Ao mesmo tempo, se dá conta de que está sentindo muito calor e que precisa urgentemente tirar o casaco, e é a única coisa que consegue fazer rapidamente. Enquanto se atrapalha com os óculos presos no agasalho, o negro sutilmente me cutuca por baixo do balcão, mas só quando ela consegue se desvencilhar do casaco e ajeitar os óculos e os cabelos encaracolados, sorrindo meio sem graça, eu olho para aquela pessoa distraída durante um segundo que dura mais que os outros.

A garota pede algo sem pensar muito, aponta para o sanduíche da promoção cuja foto é a maior, sem dizer o nome, e pede as batatas fritas sem sal. Reparo nos óculos dela, e digito errado no teclado do caixa, algo que nunca aconteceu nesses meses, e é preciso que o gerente do balcão venha digitar a senha para realizar cancelamento do item, me provocando,

Logo você? Não para não, vamos matar essa fila.

Algo diferente está acontecendo enquanto a garota abre a bolsa e a carteira para pegar o dinheiro, deixando cair o casaco. É que me identifico com aquela falta de jeito e gostaria muito de poder dizer para ela,

Eu sei como você se sente. Sou assim também.

Ao entregar o troco, deixo que os dedos toquem a palma da mão da minha cliente. Tento fazer isso de forma sutil, mas duas moedas caem no balcão e, ao recolhê-las, já constrangido, percebo que ela olha para a cicatriz da queimadura. Ato contínuo, a garota vira os olhos para a outra mão, parecendo confirmar a suspeita. Faz uma cara que não consigo discernir se é de nojo, pena ou apenas espanto de ver uma coisa feia. Mas o negro é rápido na função, pois o pedido já está todo na bandeja e ela agradece e sai. Não respondo, apenas aceno com um sorriso.

Preciso atender o próximo da fila normalmente. A garota vai para o salão no andar superior mas eu, embora tenha ficado atento durante boa parte do tempo olhando para as escadas, não a vejo indo embora.

Após o trabalho, à noite, penso que todas as luzes das ruas parecem ter sido recentemente trocadas, ou então que foram realizadas obras que tornaram mais simples e claro o caminho de volta para casa.

2

Atender atrás de um balcão é ser atingido por uma metralhadora de pequenas informações todos os dias. No intervalo de minuto e meio entre a chegada e a saída com a bandeja, é possível capturar um fragmento de solidão, felicidade, fome, tristeza e esperanças de quem está do outro lado. Todos vêm e vão tão rápido... E não fazem a menor ideia do que existe do lado de cá.

Isso é o que escrevo num guardanapo enquanto não há clientes. Uma das vantagens dessa função é a obrigação de manter uma caneta sempre em cima das teclas, para eventuais pagamentos em cheque. E como não posso conversar e chega uma hora em que não há mais nada para ser limpo, aproveito o tempo para começar a listar os tipos que chegam até o meu caixa.

Há basicamente dois grupos de clientes, que discrimino entre atacado e varejo. Os primeiros são os que vêm todos os dias, especialmente nos horários das principais refeições. São funcionários de escritórios próximos, filhos de pais que trabalham, cujo almoço após o colégio só pode ser feito em lanchonetes. Outros são apenas viciados convictos, que dificilmente conseguem passar um dia sem comer determinados sanduíches. Há aqueles que vão comer na loja apenas nos finais de semana, mas constantemente, de modo que podem ser encaixados no atacado.

Sobre esse grupo, é possível antecipar o pedido, que eles apenas confirmam enquanto anoto no bloco que serve de guia para o apoio, algumas vezes deixando os clientes admirados, outras vezes fazendo-os mudar de ideia por se descobrirem repetitivos. E uma pequena diversão que descubro é decorar as preferências dos clientes de atacado.

Já os segundos são a grande surpresa, composta pela clientela que está de passagem, ou cuja frequência é insuficiente para ser categorizada no grupo anterior. Entre os de varejo, surgem casais de amantes, sempre apressados, representantes comerciais que circulam pela cidade, namorados em diversas fases da relação, mães que querem agradar os filhos após consulta médica, e uma infinidade de pessoas impossíveis de serem decifradas.

Atendo um homem que não tem mais de quarenta anos. Demora mais que o normal para fazer pedidos, estica o pescoço, observa a cozinha, investiga detalhes da loja, e decide por um sanduíche qualquer e um refrigerante. Enquanto o pedido é montado, diz para mim,

Eu já trabalhei numa loja como essa. Foi há mais de dez anos, quando a rede chegou por aqui. Faz tempo que não como dessa comida. Mas vejo que não mudou quase nada.

Que legal, comento. E por que saiu?

Eu era um garoto magrinho e cheio de disposição feito você. Era só uma fase e precisava de emprego, como todo mundo. Mas valeu a experiência. Sempre vale.

Rapidamente me imagino daqui a vinte anos e fico curioso,

E o que você faz hoje? Fazer sanduíche serviu pra quê?

O que veio depois não foi muito diferente. Com o tempo você saca que sempre tem um balcão para ser atendido. O que acontece atrás e na frente não muda muito, e a gente fica sempre dos dois lados, mesmo quando pensa estar em um só. Você estuda, corre atrás, ganha mais, vai crescendo mas sempre está em situações parecidas. Sejam elas boas ou ruins. Então é importante você saber disso o quanto antes. Cuide do seu balcão, rapaz. Mas se prepara: não é por atender bem que você vai ser bem atendido. Não é assim que funciona.

Fico confuso,

Mas eu te atendi mal?

O homem ri e continua,

Não, rapaz. Você me atendeu muito bem. Acho que melhor e mais rápido do que eu era. Mas não é de lanchonete que eu estou falando. Desculpe se misturei as coisas.

Tudo bem, comento. Acho que você está falando de experiência de vida e tal. Mas eu só fiquei curioso. Muita gente passa por aqui, tanto do lado de dentro quanto de fora do balcão, e nunca se sabe o que fazem depois que vão embora.

O que estou dizendo, diz o homem, é para você aproveitar essa fase aqui, com o que ela tem de positivo e negativo. É importante que você siga em frente, continue a vida e tudo o mais. Quem trabalha aqui é porque precisa, não tem opção. Eu vi sua mão queimada, e aposto que foi na chapa. Isso vai ficar para sempre aí como uma lembrança.

Daqui a vinte, trinta anos, onde quer que esteja, você vai olhar para a mão e ver que é o garoto da lanchonete ainda. E eu torço para que você sorria ao notar isso.

Gosto da conversa, já sabendo que o homem não está falando para mim, e sim para o antigo funcionário da lanchonete que ele foi, e por fim pergunto o que afinal o homem faz da vida.

Eu sou escritor, diz o homem.

Olha, que legal, surpreendo-me. Eu também adoro ler e escrever. Então esse é o seu balcão?

Sim, sim. Agora você entendeu.

E por que não escreve um livro sobre isso, sobre ficar aqui do lado de dentro?

O homem ri e sai,

Um dia, quem sabe. Isso até que poderia render boas histórias.

Como pertence ao grupo do varejo, o homem nunca mais retornará à loja, e fico sem saber se ele fala sério sobre o livro.

Mas então penso se atendi bem a garota cujo casaco agarrou nos óculos ao ser tirado. Gostaria muito de listá-la no grupo do atacado.

3

Pelo menos uma vez a cada semana, o franqueado visita a loja. O libanês já era rico e, como tantos estrangeiros, apaixonou-se pelo país tropical. Dadas as condições de lucro rápido, decidiu se mudar e investir numa cadeia de lojas de *fast-food*, mercado em plena expansão nos últimos anos. Apaixonou-se também pela mulher daqui. Casado com brasileira, gosta que os filhos tenham o português como primeira língua, mas mantém a tradição de educá-los em francês e inglês, além do árabe.

Mesmo que o franqueado passe a maior parte do tempo em reuniões com os gerentes, especialmente o de bigode, o dono da loja gosta de averiguar se todos os procedimentos estão sendo executados de acordo com o Padrão. Raramente ocorre uma visita sem que seja feita uma comunicação à loja e o corpo gerencial aumente o nível de exigência e zelo nos funcionários. Além de, obviamente, esconder sob o tapete qualquer problema que possa chamar a atenção do proprietário.

E assim, todos sabem que o franqueado está chegando com os dois meninos. Deve ser uma visita tranquila, pois é folga do gerente de bigode.

Raramente as duas crianças vêm com o pai. Mas quando aparecem, gostam de experimentar todos os sanduíches da loja — soube-se que o pai não as deixa comer em *fast-food* quase nunca. Nessas ocasiões, os meninos se sentem seguros em interagir com os funcionários, embora haja sempre o motorista, que faz as vezes de segurança particular e fica à espreita, com o paletó aberto e uma barriga intimidadora. Os dois gostam de circular pela cozinha e perguntar como são feitos os sanduíches, e essa costuma ser a única ocasião em que eles interagem com tantas pessoas pobres de uma única vez, como se estivessem num safári.

Quando o maior, de uns doze anos, sabe que existe um funcionário com as duas palmas das mãos queimadas, trata de aterrorizar o outro, quatro anos mais novo. Inventa que o funcionário tinha adquirido a capacidade de queimar qualquer superfície com um simples toque. Essa simples brincadeira é suficiente para alimentar a mistura de curiosidade e medo no caçula.

O gerente do balcão sabe que não pode repreender o filho do chefe por me molestar incessantemente no caixa. O pequeno pede para ver as minhas mãos, enquanto o mais velho sussurra que posso atear fogo nele se quiser. Mostro a mão cicatrizada, digo que não dói e desminto que tenho a capacidade de queimar qualquer coisa,

Foi um acidente, mas já sarou. Pode encostar que não vai te queimar.

Quando o menor encosta na cicatriz, o outro não gosta de ver sua armação desfeita e grita, chamando a atenção do motorista-segurança e do gerente do balcão. Não sei o que fazer ao ouvir o menino dizendo alto, para chamar a atenção, apontando para mim,

Ele falou que ia queimar a gente. Ficou fazendo terror com essas mãos feias de queimadura.

A pequena confusão é apartada pelo próprio franqueado. Com seu sotaque característico, sorri para os poucos clientes que estão no balcão. Quer a todo custo evitar qualquer interrupção no fluxo do atendimento e assim prejudicar o seu negócio. Chama os dois filhos num canto, e o maior insiste na história, enquanto o menor, mais sensível, já começa a chorar. Em seguida, chama o gerente do balcão para a cozinha e lhe aplica um grande esporro, perguntando mais sobre mim e, principalmente, por que posicionaram um funcionário com aquelas cicatrizes no balcão.

O franqueado tenta falar baixo, mas quando se altera não consegue diminuir muito o tom. Fala com os olhos arregalados e passando a mão na cabeça, com uma calvície precoce típica dos homens de negócios estressados. Além disso, todos fingem continuar o trabalho normalmente, mas apuram os ouvidos para saber o conteúdo da conversa. E assim, mesmo do balcão, consigo ouvir o franqueado,

Como vocês colocam um garoto assim na linha de frente com a nossa clientela, abrindo a mão cheia de queimaduras para receber os pagamentos? É essa a imagem que o cliente tem da loja ao entregar o dinheiro pelo nosso produto?

O gerente do balcão tenta argumentar,

Depois do acidente, foi melhor que ele não ficasse na cozinha, por conta do trauma. E esse garoto é rápido no caixa...

Não interessa!, diz o franqueado, balançando os dois braços e arregalando os olhos. Se meus filhos se espantaram com aquelas cicatrizes, o que os clientes vão pensar? Imagine um pai que vem com a mulher e os filhos aqui e pedem produtos para toda a família, com sobremesas e aceitando ainda a venda sugestiva de itens promocionais. Agora imagine esse atendimento sendo feito por um funcionário que vai transmitir a ideia de que esse estabelecimento machuca pessoas. Isso é bom? Machucar pessoas? Me responda.

O gerente do balcão apenas diz que não, sabendo que não adiantaria falar mais nada. E o franqueado continua,

Então, se não queremos machucar pessoas, não queremos machucar nossos funcionários, logo não tem cabimento dar essa impressão para a nossa clientela, não é? Ela paga um preço justo por tudo que leva daqui, por ter um produto criado em padrão internacional, de alta qualidade. E o nosso atendimento é parte do Padrão, ou não é?

Sim, é parte do Padrão, concorda o gerente.

Então, segue o franqueado, essa família da qual eu falo fez uma compra grande do nosso produto, e que por ser de uma família inteira eleva o nosso valor de venda média. Isso é bom, não é? E com isso está assegurando o salário de todos aqui, inclusive o seu. Ou não é bom ter um valor alto de venda média?

É bom para todos nós um valor alto de venda média, repete o gerente.

Então, digamos que esse funcionário entrega os brindes promocionais para as crianças dessa família. E, mesmo seguindo o Padrão, agradecendo e pedindo com um sorriso que voltem sempre, as crianças da família fiquem impressionadas com a mão queimada que entrega os brinquedos. E as crianças sabem das coisas e são sinceras, assim como meus filhos foram agora. Por isso seria natural elas quererem saber mais dos brindes promocionais, ou ficariam curiosas com o funcionário?

Os brindes chamam mais a atenção, opina o gerente. Mas é logo cortado pelo franqueado,

Não, errado! Elas vão querer saber da queimadura. No meu país teve uma guerra durante quinze anos. Ela acabou há três anos, e sabe o que as crianças pequenas de lá gostam de ouvir até hoje? Histórias de guerras, explosões, bombas. Porque isso é da natureza humana. E o que vendemos aqui é felicidade em alimentos, cores vivas, serviços bem prestados, ambiente limpo e claro. Você acha que esse seu funcionário está transmitindo esses valores? Não precisa responder que não está. Então, por favor, não escalem ele para o atendimento.

O franqueado sai rápido da cozinha e passa pelo balcão olhando para baixo. Vai para o segundo andar continuar outra reunião com outros gerentes, mas antes de subir as escadas volta para o balcão, me encara, estende a mão e diz com firmeza,

Você é um bom rapaz. Parabéns pelo trabalho.

Quando aperta a minha mão, o franqueado solta rápido assim que toca na cicatriz da queimadura.

4

Desde a visita do franqueado, tenho sido colocado para catar guimbas no estacionamento ou descarregar produtos. Uma ordem direta como aquela não pode ser questionada de forma alguma, sob o risco de uma demissão sumária. Por isso nenhum gerente pode questionar e posicionar o melhor caixa da loja nessa função, nem mesmo em dias de grande movimento.

Dentre essas posições menos prestigiadas, prefiro ficar limpando o salão. Enquanto passo o esfregão fazendo o símbolo do infinito para trás, penso que a qualquer momento a garota do casaco pode aparecer novamente, e dessa vez gostaria de dizer algo a ela, mesmo não sabendo bem o quê.

Durante algumas horas, o meu turno cruza com a turma que chega mais tarde, que fecha a loja e fica até de madrugada. São geralmente pessoas mais velhas, pois só maiores podem trabalhar no horário noturno. Esse pessoal do fechamento tem outro emprego durante o dia, já chega meio cansado na loja durante a noite, e por isso quase não tem paciência para os garotos diurnos.

Referem-se aos da manhã como a "bebezada da abertura", e felizmente não me enquadro no grupo, uma vez que trabalho entre a tarde e a noite, no chamado intermediário. Livre da pecha de criança, consigo dialogar um pouco mais com esse pessoal cascudo.

Um deles é chamado de poeta. Dizem que já começou uma faculdade, mas largou para se dedicar ao trabalho. Não se enquadrou em escritório e acabou no *fast-food*. Sentia ali a liberdade de dormir até tarde todos os dias, porque mesmo após fechar a loja gosta de perambular pelos bares ou casas de prostituição das redondezas. O poeta usa óculos com armações quebradas, unidas por esparadrapo, mas diz sempre que não é por falta de dinheiro, e sim porque evidencia o quanto ele mesmo está gasto pela vida. Os outros riem. Escreve poemas clássicos em guardanapos e cola na cortiça da sala dos funcionários, e a maioria não entende nada, mas ele não liga para isso.

Uma das diversões é ver o poeta confrontando ideias com o cristão. O primeiro tenta falar mais difícil e confundir o outro, que frequentemente acredita — ou pelo menos parece acreditar — em tudo o que ouve. Na troca de turnos para limpar o estacionamento, dou uma escapada para o lado de fora só para vê-los discutindo,

O mais importante é o amor, meu caro poeta.

Não, camarada. O importante é a liberdade de pensar e de sentir.

E sentir o quê? Com quem, para quem? Sem amor e sem Deus, para que serve a liberdade?

Sentir não tem sentido, entende essa armadilha? É que nem quando você está batendo continência. Sentido!

Mas, amigo, então para que serve isso tudo, esses jogos de palavras? A gente é livre aqui, com esse uniforme e com essa vassoura e jacaré? E sem eles, a gente seria livre? Acho que não. Só com amor isso é possível.

Amigo, eu sou livre para escolher estar aqui. E mais, depois das três ou quatro da manhã eu sou mais livre do que qualquer um. Porque a noite é a mãe da liberdade, cristão. A noite é que me abraça. Agora dá aqui essa vassoura e vai simbora.

O cristão sai sorrindo e falando sozinho, e vou ao poeta,

Então você escreve poesia? Outro dia conheci aqui um escritor que já foi funcionário da rede...

Meu jovem, poesia é liberdade. Liberdade até de não ter que escrever poesia. A poesia mais perfeita é aquela sem a prisão das palavras. Você gosta de ler?

Sim, sim, respondo.

Estão leia, mas não escreva. Livre mesmo é não se apegar a palavra, a sentimento, a nada. A poesia está aqui, no ar. Ela passa feito uma moça bonita, e vice-versa.

Você é maluco, cara?

E quem não é? Eu pelo menos aceito essa condição. E abraço ela. Você conhece aquele poema "vamos de mãos dadas"?

Sim. Já li na escola. Ele fala de...

Não, cara. Esquece. Pensa no poema e olha para a sua mão. Você vai de mãos dadas com o quê? Com quem? Todo mundo sabe o que o filho do gringo fez para te sacanear. Você está aí com as duas mãos fodidas para sempre e ainda vem um riquinho mimado e te faz sair do caixa, onde você é bom. E ainda assim te deixavam ficar no caixa o tempo todo mais como um cala a boca.

Sorrio amarelo, e o poeta continua,

Não existe liberdade enquanto riquinho mimado continuar fazendo esse tipo de coisa. Sabia que se fosse com o filhinho do papai ele teria cirurgia plástica na hora, para ficar com a mão lisinha, sem nenhum calo? Olha, eu já passei desse estágio, sou meio burro velho. Mas você, cara, é inteligente, e vai mais longe que isso aqui. Não deixa ninguém te isolar do que você pode fazer de melhor.

O gerente do balcão aparece na porta e grita para os dois,

Como é que é, galera? Vamos trabalhar?

O poeta estende a mão para mim e, diferente do franqueado, aperta com força, olhando nos meus olhos,

Mãos dadas, porra!

5

A inflação segue alta, de modo que, para boa parte da população, é preciso deixar o dinheiro na poupança durante todo o tempo. Uma nota desvaloriza mais rápido que um sorvete derrete: o dragão cospe fogo todos os dias nas nossas caras.

Para grandes investidores, há outras aplicações mais rentáveis. Umas delas acontecem durante a noite, nos finais de semana, quando dinheiro vira mais dinheiro. Por isso é melhor que os pagamentos dos funcionários, previstos para uma sexta, sejam realizados apenas na segunda. Dá-se uma desculpa administrativa qualquer, sem problema.

O negro e eu não nos conformamos. Tínhamos planos de organizar um pequeno churrasco no sábado, para comemorar com os aniversariantes do mês. Chegamos mais cedo para fazer os saques no banco, mas fomos informados por outros colegas que ainda estão ali, sem saber o que fazer. Disseram ter faltado uma assinatura do franqueado, que viajou e só voltaria na próxima semana. Mas os mais velhos já espalham que o dinheiro de todos está retido para render mais alguns dias. O que é verdade.

Teatralmente, o gerente de bigode aparece na porta do banco para dizer que mesmo ele está sendo prejudicado. No entanto, vários funcionários estão ali indignados, sustentando a hipótese do atraso proposital. O negro é quem tem mais raiva, dando um soco no vidro do banco, o que chama a atenção do segurança. A situação é bastante tensa e o gerente de bigode tenta acalmar o grupo, simulando ainda proteger o negro. Mas o meu camarada se afasta, e aponta o dedo para o chefe,

Você sabia que não ia ter pagamento. Você sabe de tudo e está por dentro desse golpe com o nosso dinheiro. Deve até ganhar a mais pra mentir. Fala a verdade.

Nenhum dos mais velhos na empresa diria isso diretamente. Gostam de insuflar revolta nos mais novos, mas nenhum assume o discurso. Chamam isso de experiência. E o negro, ao perceber que está praticamente reclamando sozinho com o gerente geral da loja, olha para os colegas e dá outro nome,

Vocês estão todos é com cagaço. Esses capitalistas filhos da puta ganhando dinheiro com o nosso dinheiro. Todo mundo faturando em cima da gente e ninguém faz nada. Bando de cagões, babacas conformados. É por isso que estão ficando velhos e não saem desse trabalho de merda.

Tento acalmá-lo,

Olha, eu também estou revoltado, mas é melhor segurar a onda um pouco...

Segurar a onda é o caralho. Vai dar uma de cagão também?

Meu amigo está fora de controle. Vejo que ali perto o poeta está olhando e rindo da situação toda. Dá um soco na palma da mão, incitando-me a reagir. Mas está claro que, protegido pela distância, ele também não quer se envolver na questão. Ao concluir que não conseguirá dispersar os funcionários e controlar o negro, o gerente de bigode vai embora na direção da loja.

Sem ele por perto, os funcionários começam a falar mais alto e demonstrar mais indignação. Quando o negro dá outro soco no vidro, o segurança se aproxima e coloca a mão na arma, assustando a maioria dos funcionários, que começam a dispersar.

Para evitar o pior, puxo o meu amigo para a calçada. Permaneceram ali outros quatro funcionários. Todos do grupo dos intermediários. Tenho uma ideia,

Hoje a gente não vai pra loja. Nosso grupo não vai. É paralisação.

Já mais calmo, o negro gosta da proposta,

Certo. E hoje é sexta, e daqui a pouco entra o alto movimento. Sem a gente lá eles vão ter trabalho de fazer a loja funcionar. Que se fodam.

Mas isso não vai pegar mal pra gente?, pergunta um garoto que não tem um mês ainda.

Que nada, diz o negro. Vão descontar uma merreca do nosso salário e só. O que mais podem fazer? Dar uma suspensão em todos amanhã e ficar sem os intermediários durante o final de semana? Duvido.

Não dá é pra ficar na frente da loja, diz o rapaz. Vamos arrumar o que fazer. É melhor que a gente nem apareça por lá então.

Já feliz com a ideia da insurreição, o negro sugere,

Vamos para o boteco perto da minha casa encher a cara. A gente não tem grana mas eles fazem fiado pra mim e na semana que vem todo mundo acerta.

Os intermediários, sem saber, fazem a primeira paralisação de que se tem notícia numa cadeia de *fast-food* da sua cidade. Em casa, bêbado, digo para a minha mãe que sou um revolucionário e vou lutar contra o capitalismo que massacra todos nós. Ela me vê assim pela primeira vez, pois geralmente quando volto tendo bebido já é tarde e caio direto no meu colchão da sala. Ela novamente tem medo de eu perder o emprego, e briga comigo inutilmente.

No dia seguinte, todos somos chamados pelos gerentes na sala do segundo andar. Contam sobre os prejuízos e dificuldades que tiveram no dia anterior por conta dos faltosos. O gerente de bigode, cofiando os pelos, diz que o direito de greve é lei, e que entende a reivindicação dos garotos. Mas que isso não é maior que o Padrão, que foi atingido no nervo, por conta da paralisação num dia de movimento. E que por isso ele tem obrigação de punir e solucionar problemas, é a função dele na loja.

Mudamos de roupa e vamos trabalhar normalmente. Exceto o negro, que é demitido. E nesse momento sinto ódio de estar ali, de oferecer o tempo e a energia da minha juventude para esse Padrão de merda. Tenho certeza de que farei o possível para nunca ser Destaque do Mês. A loja não merece a minha foto estampada no balcão.

6

A saída do negro traz um sentimento de revolta geral, e se torna assunto polêmico entre os funcionários, daquelas coisas que só podem ser conversadas às escondidas. Embora não tenham ido para a vala também, os outros garotos intermediários são brindados diariamente com funções menos nobres — nas palavras do gerente de bigode —, como limpar uma mesma janela durante horas, ou passar todo o dia na sala de compactação de lixo que fica nos fundos, onde montanhas de sacos pretos produzem um chorume com um cheiro horrível.

A treinadora, que em nada influiu no processo, seja para defender o funcionário ou reconhecer o prejuízo causado pelas faltas, se recusa a falar do assunto. Pressionada por mim, revela que indicou o negro para trabalho numa outra rede de lanchonetes, onde um dos gerentes já havia trabalhado ali na loja. Não quer dar mais detalhes e diz que raramente o vê. Esses concorrentes, todos sabem, são menos conceituados no ramo e costumam captar ex-funcionários e gerentes da nossa rede. Já chegam com experiência e prática de uma empresa de padrão internacional. Mas saber que o negro teria emprego não tira a nossa indignação.

De que serve um castigo se ele não for exemplar? Limpar as lixeiras e realizar outras atividades fora da cozinha e do balcão exibe para os demais funcionários a punição da falta coletiva. Mas também serve para isolar os nossos comentários revoltados, que poderiam contaminar outros nesses primeiros dias após a demissão.

Porém, como acontece em qualquer situação como essa numa fábrica de produção industrial e seriada, o calor de um fato importante deixa de ser fato e se torna história, aumentada, diminuída ou apenas modificada ao longo dos dias. E as rotinas se ajeitam, se acomodam e se nivelam ao sabor plástico e eficiente do Padrão.

Isso significa que o negro é rapidamente substituído por outro negro, por outro cristão, por outro poeta, por outro mudo ou por qualquer outro indivíduo cujo nome se escreva com inicial minúscula. Sem compatibilidade de horários, passamos a nos encontrar cada vez menos com ele fora da loja, e a falta de convívio nos afasta gradativamente, até que o negro se torne mais um entre tantos que chegam e saem a cada mês, com o diferencial de que é alguém ligado "àquela vez em que rolou uma greve dos intermediários". E os dias seguem.

É sábado e a loja fervilha de clientes. Na falta de gente rápida no atendimento, o gerente do balcão convence o de bigode a me escalar para o caixa. Surpreendo-me ao descer da sala de funcionários e ver o ímã com meu nome posicionado nessa função no mapa da loja, depois do ocorrido com o filho do franqueado. E me sinto bem por não precisar ir mais um dia dar voltas no estacionamento carregando vassoura e jacaré ou lavando a lixeirona. Mas, claro, o gerente do balcão alerta que não se trata de um benefício, mas de uma necessidade,

A gente precisa da sua rapidez nos dedos. Vamos lá matar aquelas filas.

Respondo com algum sarcasmo,

ok, vou quebrar o galho de vocês hoje.

Uma promoção para garantir o atendimento rápido, marca da rede, faz com que um relógio seja colocado sobre o caixa e comece a contar a partir do início da compra. Caso passe de dois minutos, o cliente ganha um sanduíche. Para evitar esse desperdício de recursos e evidenciar um sistema arrogantemente eficaz, o gerente do balcão grita para os caixas e apoios frases que oscilam entre a motivação e a pressão pura,

Você pode diminuir esse tempo! Vamos lá, galera! Olha o ponteiro girando! Corre com a contagem de notas! Pega logo o pedido! Adianta o pedido do próximo! Vamos lá, molengada, vocês podem mais que isso! Dois minutos, vamos lá!

Não me importo com esse processo porque, mesmo com um apoio menos eficiente que o do negro, consigo dar conta das etapas da compra em menos de dois minutos. Desde que cheguei, meu caixa ainda foi o único que não precisou dar sanduíches de graça. Às vezes o gerente do balcão, com alguma intimidade, tenta estimular os outros caixas com um apelido que me ofende um pouco,

Vamos lá, galera do caixa! Sigam o exemplo do mão de fogo!

Isso me aborrece mas não deixo de fazer o trabalho. Aprendi a criar pequenas metas para mim mesmo e tornar a rotina menos entediante, e agora consiste em terminar o dia atendendo todos em menos de dois minutos.

Perto do horário da saída, as portas da loja são fechadas para não entrarem novos clientes, e os caixas precisam apenas atender quem estiver nas filas. No meu faltam três pessoas para fechar o dia, mas na fila do caixa ao lado há algo que me chama a atenção: a garota do casaco está aguardando para ser atendida. Ela está sem casaco, mas continua com os óculos, e a blusa de manga curta exibe um braço moreno claro, perfeito. De olhar para lá, erro o troco, peço desculpas ao meu cliente, perco um pouco o senso de direção e esbarro no copo de refrigerante que o apoio acabou de colocar na bandeja, e o líquido escorre sobre o balcão chamando a atenção de todos, inclusive da garota.

Mas o meu cliente fica até feliz, pois ganha o seu sanduíche. Confuso e sem querer demonstrar, fico vermelho, gaguejo desculpas, e o gerente do balcão antecipa o fechamento do meu caixa, pedindo aos outros dois clientes que se dirijam para o próximo. Enquanto seco o balcão, noto que ela está sozinha, mas evito olhar direto. Quando sai com a bandeja, é possível ver que está carregando um livro, cujo título, cerrando os olhos, identifico: *Antologia poética — Carlos Drummond de Andrade*.

7

A loja está fechada para entrada, e apenas os clientes que já compraram seus lanches estão no salão. É nessa hora que acaba o trabalho dos intermediários e fica apenas a turma do fechamento. Por isso corro para mudar de roupa e sair logo, na esperança de ver se a garota continua por ali.

Para a minha sorte, ela ainda está comendo numa mesa do canto, com o livro aberto. Mas fico em parte alarmado, pois se a garota já tivesse ido embora seria apenas mais uma frustração confortável. Mas ela está ali, sentada, e não sei como agir. Ponho novamente a culpa no meu pai: se não tivesse morrido tão cedo, teria me ensinado os macetes de como chegar junto, como dar o bote certeiro, falar as palavras corretas para atingir os pontos sensíveis das mulheres. Mas as técnicas da época dele valeriam ainda? E se o correto hoje for deixar a iniciativa toda para elas, como aconteceu com a baixinha? Esses pensamentos são uma distração para prolongar o que me espera. Além de tudo, por ser meu local de trabalho, corro ainda o risco de dar a impressão de que estou molestando uma cliente, caso faça ou diga algo inapropriado e ela se levante incomodada.

Como era de esperar, meu braço treme mais à medida que me aproximo da mesa. Preciso tratar isso, mas a loja não oferece plano de saúde e seria uma perda de tempo ir a hospital público, com aquelas filas longas. Sim, estou querendo levar o pensamento para longe mais uma vez. É extremamente difícil conter o impulso que me traga para a porta de saída, e que me faria em seguida ir para casa, lamentando-me por não ter agido. Essa segurança já deixa de ser opção à medida que me aproximo da garota. Paro em frente à mesa e pego a carteira, de onde tiro a nota de cinquenta cruzados novos, que imagino ser meu amuleto da sorte.

A garota não entende aquilo, mas pelo menos não tem uma reação de espanto. Olha para a nota e para mim. Ainda penso no que dizer e, antes que consiga abrir a boca, é ela quem fala,

Oi, você trabalha aqui, não é? Vocês são muito diferentes sem o uniforme.

Para mim, ter sido reconhecido é uma satisfação enorme que me deixa mais ainda sem conseguir falar, mas logo descubro que ela olha não para a nota, mas para a cicatriz da minha mão. Consigo apenas dizer,

Ah, sim. Trabalho. O uniforme deixa todo mundo mais feio que o normal.

A garota ri apenas educadamente e pergunta,

Mas por que você quer me dar dinheiro, e ainda por cima dinheiro velho?

Ah, sim. É que eu vi o seu livro de poesia e me lembrei que é uma coincidência eu levar sempre comigo essa nota aqui, que tem um poema dele. Olha só.

A garota pega a nota e diz que se lembra. Sorri e diz que começou a gostar de Drummond na época em que essa moeda ainda estava circulando, e então se lembra de que, inclusive, usou o dinheiro antigo num trabalho em grupo de literatura da escola,

Foi logo que ela deixou de circular por não valer mais nada, e a gente tentou mostrar que o dinheiro vai embora mas a poesia fica.

E pelo jeito ela ficou mesmo com você, digo, apontando com o queixo para o livro.

A conversa continua e conto sobre como a nota foi um presente do pai já falecido. Ela pergunta sobre a cicatriz na mão, com o cuidado de saber se não me importo em falar do assunto, e esse cuidado aumenta o encanto ainda mais quando reparo nos detalhes dos cachos dos cabelos da garota que descem em pequenas espirais até os ombros.

Penso que poderia ser convidado para me sentar, mas seria abuso demais querer isso, e o segundo entre uma fala e outra indica que deveria ir para casa. Mas ela acaba de dar o último gole no refrigerante e diz que precisa ir embora.

Eu também vou, rebato. Já passo tempo demais aqui dentro.

Do lado de fora, cada um vai para um lado, e me arrependo de não ter mentido sobre onde fica o meu ponto de ônibus e seguir com ela por mais alguns instantes. Antes de nos despedirmos, trocamos os nomes mas ela diz,

O seu eu já sabia, pois estava no seu crachá.

Dessa vez, fico realmente feliz e sorrio timidamente, mesmo que ela não estivesse dizendo a verdade. Decido perguntar,

Desculpe, mas por que você veio num sábado à noite ler poesia numa lanchonete?

A garota fica séria, para meu desespero, e me xingo por dentro por ter sido inconveniente. Parece não ter gostado da pergunta, mas responde,

Ora, existe hora certa para se ler boa poesia? E você, não tem nada melhor para fazer do que dar em cima das freguesas?

Ela ri e se despede com um aceno. Volto para casa eufórico. Lamento não ter conseguido mais detalhes sobre ela e começo a imaginar mil versões. Gostaria muito de saber qualquer coisa a mais, principalmente quando vai voltar ali na loja.

Dentro do ônibus, releio "Canção amiga" na nota de cinquenta cruzados novos, cujo meio começa a rasgar. Agradeço muito ao meu pai ter dado esse dinheiro que já não vale mais nada.

8

Contrariando a ordem do franqueado, o gerente do balcão consegue convencer os outros, especialmente o de bigode, de que devo voltar ao caixa pelo menos nos finais de semana e feriados. O movimento parece estar aumentando a cada semana e, com a rotatividade de pessoal, não são muitos os funcionários que conseguem pegar experiência e habilidade na linha de frente.

O que é bom. Estar ali seria uma boa desculpa para atender a garota quando ela resolvesse voltar. Passam-se dois finais de semana sem que, no entanto, essa cliente especial apareça. Na terceira semana, já penso no quão ridículo é esperar que uma garota solitária que gosta de ler poesia retorne à lanchonete nas noites de sábado.

A loja está prestes a fechar, quando entra um casal às pressas, antes que o vigia passe a chave. Com a correria, uma gargalhada feminina chama a minha atenção, estico o pescoço, vejo os cabelos encaracolados por trás do homem que a acompanha e sinto um aperto no peito.

É quando já consigo ver que a garota foi à loja ler poesia porque teria brigado com o namorado, numa dessas briguinhas que todo casal tem por ciúmes ou até mesmo uma pequena traição real cometida por ele. E que mesmo após cada um ter ido para um lado a garota iria se sentir esvaziada por estar longe do seu agora ex, e mais ainda porque ele estaria saindo de carro com aquela cachorra puta que o roubou, e que se referia à garota como aquela CDF de merda que ainda se sentia esnobe porque tem só cara de inteligente mas que no fundo é uma cínica que não merece um cara como ele. E tenho pena dela ao pensar que isso poderia ter acontecido, mas ao mesmo tempo vejo que, apesar disso, ela não conseguiu passar do primeiro sábado sem o namorado, porque enquanto essa outra estava passeando com o carro novo do cara pela orla da praia o máximo que restava à garota era ficar num *fast-food* até a hora de fechar, lendo livro de poesia para tentar entender o próprio sofrimento, o que foi em vão naturalmente, porque os poemas só trouxeram uma mistura estranha de beleza e dúvidas que em nada ajudaram na questão. E para que o ego não ficasse completamente esvaziado, para não dizer que ela estava totalmente invisível para a vida, levou como prêmio de consolação uma cantada ridícula do atendente da lanchonete que tinha as mãos cheias de cicatrizes de queimaduras. Porque enquanto a outra que roubou o seu carinha estava ostentando a boa situação financeira dele pela cidade, o balconista da mão queimada mostrava uma nota de cruzados novos que não valem nada há anos. Mas isso não ficaria assim, e já consigo ver que logo no dia seguinte ela se sentiu com a autoestima um pouco acima do zero, pois nem todos a rejeitavam, e com isso partiu para reconquistar o namorado, e depois de um passeio, uma conversa e uns aconchegos — talvez um cinema de ação como ele gosta — decidiram passar na lanchonete internacional para fazer um lanche, e se corressem ainda daria tempo de entrar porque ela se lembrava bem do horário em que fechavam as portas mas atendiam ainda quem já tivesse entrado. E já espero que ela não me reconheça quando vier com o namorado pedir o mesmo sanduíche que já sei qual é, e poderia até adiantar que pediria a batata sem sal. Poderia gritar para que adiantassem a fritura de uma porção sem sal para a minha cliente mesmo sem ela ter pedido. E quando ela chegasse ao caixa eu diria batata sem sal junto com ela e o namorado iria fazer uma cara de desconforto e só então ela iria se lembrar de que era o mesmo atendente do dinheiro antigo de semanas atrás, e ficaria sem graça por meio segundo que, para mim, demoraria horas. Mas ainda assim ela estaria de volta à realidade na qual reconquistava o amor da sua vida até agora e a pausa para um lanche era apenas mais uma parada de uma noite que ainda seria longa e com outras etapas. Ainda chego a imaginar que ela teria certamente se sentido atraída por mim. Que foi realmente um encontro especial aquele na noite de um sábado em que nada mais poderia dar errado, uma ilha de poesia formada pelas coisas que realmente importam, e que a nota mostrada pelo atendente com um poema era tão somente um sinal. Mas não, o ex havia voltado para ela, pois estava em dúvida entre a de óculos com os cabelos encaracolados ou a loura escultural e gostosa, porém fútil demais para qualquer relação de médio prazo. E era agora a própria garota que estava em dúvida entre a relação instável e cheia de riscos com o carinha de sempre ou investigar um pouco mais um rapaz pobre mas que pelo visto poderia oferecer toda a sinceridade do mundo, além de uma fidelidade canina. E por isso ela decidiu trazê-lo para lancharem ali e fazer uma cruel comparação de que só ela saberia. Mas sei que estou exagerando sobre isso e sou tomado por um golpe de bom senso e realidade, que diz no meu ouvido de forma sibilante e aguda você NÃO TEM PORRA NENHUMA PARA OFERECER A ELA.

Ninguém entende por que dou um grito de angústia, nem mesmo o casal que acaba de entrar na loja. Meio assustados, dirigem-se ao outro caixa que ainda está aberto. Não é ela, claro, e dou mais uma risada sem graça, tento fingir que fazia alguma brincadeira, disfarço que ainda estou com o coração batendo rápido e dificuldade em respirar.

9

Depois que o negro foi demitido, o melhor apoio para mim no caixa passou a ser o dos patins. Alguns anos mais velho, diverte-se colocando apelidos ou fazendo comentários sobre os clientes antes que cheguem ao atendimento,

Olha, aquele ali é corno até não saber mais. Aquela ali vai aonde com aquela roupa de oncinha? Esse casal aí é só de aparência, o marido é mais veado que eu.

Chega na maior parte dos dias de patins, que aprendeu a usar no supermercado onde trabalhou antes, e adotou como meio de transporte barato e ecológico, além de deixar as pernas firmes. Às vezes fala com o gerente do balcão,

Se eu pudesse usar aqui dentro, os pedidos iriam sair mais rápido ainda. Vocês são gente muito antiga!

Por trás das brincadeiras, caras e bocas, é um indivíduo sério e que não desrespeita ou procura prejudicar ninguém — desde que não seja atacado. E se torna alguém de confiança, com quem falo sobre a garota de óculos,

Mas você está amarrado assim numa cliente que apareceu aqui duas vezes? Isso vai te fazer sofrer, garoto. Você ainda é muito novo pra isso.

Não sei mais o que fazer. Cada mulher de cabelo encaracolado que entra aqui eu penso que é ela. E se for, quando for?

Vixe, isso é coisa de menino virgem. Todo mundo sabe que você não é mais porque se enroscou com a ladrazinha que já rodou daqui. Mas trepar naqueles fuzuês e bebedeiras nem conta, não é mesmo? Você é um garoto do bem, esforçado, honesto. Não que isso signifique alguma virtude para essas garotas que andam por aí, porque mulher gosta de ser um pouco maltratada. Mas você merece sair dessa. Olha aqui, se essa menina entrar nesta loja e não te der atenção, vai se ver comigo. Eu rodo a baiana pra cima dela.

Eu me divirto com o jeito dele, e agradeço a força. Mas sei que a chance de a garota reaparecer é cada vez mais remota. Nem atacado nem varejo. Fora de estoque.

Numa das *performances* de samba que o dos patins faz no balcão quando não tem movimento, o gerente de bigode assiste de longe. Vê que um dos clientes, da mesa, consegue prestar atenção e ri. Sutilmente, chama o gerente do balcão,

Olha, por que essa diva é escalada para o atendimento sempre? Não pode expressar a veia artística fora daqui?

Ele é rápido, responde o outro. Faz essas brincadeiras só quando o balcão está vazio. Pode acreditar, é um bom funcionário. Mas eu posso chamar a atenção dele se você acha que está se excedendo.

Faça isso. Lembra a essa bichinha que esta empresa aceita todos os tipos e gêneros sem preconceito. Só que é preciso ter postura, conforme determina o Padrão internacional que a gente precisa seguir. Senão daqui a pouco ele vai ficar patinando aqui no salão e pedindo aplausos aos clientes...

Discretamente, o gerente do balcão se aproxima do caixa do lado de fora e começa a dar a chamada,

Você precisa segurar a onda um pouco. Ficar fazendo *show* aqui pode atrapalhar os clientes. Aqui a gente respeita a diversidade...

Como está ao lado, não consigo deixar de ouvir e interrompo, falando um pouco mais alto do que deveria,

O que é isso agora? Ele não fez nada de mais. Vai começar a ter preconceito com homossexuais aqui? Porque com negro tem, não é?

Do fundo do salão, o gerente de bigode me escuta e levanta a cabeça, mas quer ouvir até onde vai essa minha reclamação, ainda mais que tudo parecia controlado desde a demissão do negro.

Enquanto o dos patins cruza os braços e faz uma cara feia, o gerente do balcão tenta impedir que eu continue,

Olha, eu não estou falando com você. A questão aqui é que apenas pedi a vocês para seguirem o Padrão do atendimento, só isso. São os melhores caixa e apoio que eu tenho para o *rush*. E não quero que sejam tirados daqui quando o bicho pega.

Mas acabo me enfurecendo,

Peraí. Então pra você é uma questão só da produção? Não te preocupa ele ser discriminado? Isso um dia vai dar cadeia... Aposto que nas lojas europeias esse tipo de coisa não acontece.

O dos patins decide falar,

Deixa, deixa. Não é a primeira nem vai ser a última vez que me mandam sossegar. Às vezes sou assim mesmo, gosto de chamar a atenção. Na minha família é pior. E aqui é melhor que a gente fique quieto, porque manda quem pode...

E a discussão segue até que o gerente de bigode se levanta, e à medida que se aproxima do balcão o tom das vozes diminui. Para em frente ao caixa, olha o letreiro com um jeito sarcástico e por fim nos diz,

Meus queridos, sabem o que aconteceu agora? Eu fingi que era um cliente escolhendo o pedido olhando as placas luminosas que foram pensadas e dispostas ali exatamente para agradar o meu campo visual. Vocês ficaram quietos enquanto eu fiz isso, sabem por quê? Porque nada me distraiu. Reparem que os uniformes de vocês têm as mesmas cores dos molhos dos sanduíches e da loja como um todo, e sabem por quê? Porque vocês não são animadores de festa, o cliente não quer uma distração, um *show*, uma *performance*, enquanto escolhe o pedido. Por isso é que o Padrão não sugere que os atendentes fiquem pulando, gesticulando, jogando capoeira para chamar a atenção para si como se estivessem num palco ou passarela. Então, seria muito pedir que vocês não dancem no balcão?

Nós apenas concordamos com a cabeça. E o gerente encerra falando um pouco mais alto e olhando um ponto fixo, gesticulando como se desenhasse no vazio,

Por fim, acreditam que ao pedir isso eu estou realmente discriminando A, B ou C pela sua escolha sexual ou comportamental, se gosta de café ou leite, filme ou novela, manga ou goiaba, normal ou *diet*? Ou estamos aqui apenas pensando em como fazer o nosso trabalho segundo as orientações da empresa que nos paga? Eu acredito que seja essa segunda opção. Mas sou suspeito para concordar comigo mesmo. Então me digam, o corpo gerencial deste estabelecimento exerce discriminação ao pedir que se siga o manual que rege o bom funcionamento da companhia?

Sem que receba nenhuma contestação ou sequer resposta diferente das confirmações básicas, o gerente de bigode volta ao fundo do salão. É óbvio que seremos observados até o final do dia, por isso nos aquietamos. O dos patins sorri para os clientes como se nada tivesse ocorrido, e imagino como deve ser difícil a vida dele. Lembro-me de quando dançava passos de *funk* com o negro no balcão no alto movimento e não chegava a ser um ataque ao São Padrão.

Soube, aliás, que o negro já foi demitido do emprego novo por não ter se adaptado. Olho para o dos patins e digo,

Tem alguma coisa errada nisso tudo aqui.

10

Tudo acontece tão rápido que não há tempo de eu me assustar quando a garota aparece no meu caixa domingo à noite, perto da hora de fechamento das portas. Está sozinha, os mesmos óculos, os mesmos cabelos e carregando dois livros que não consigo identificar. Como estivesse distraído e atendendo maquinalmente, não noto que ela está na minha fila e me cumprimenta antes que eu fale qualquer coisa,

Oi, tudo bem com você?

Eu a chamo pelo nome, ela responde pelo meu, como se fizesse um pequeno esforço para se lembrar,

E você é o... Ah, sim, no crachá.

Ao sair do caixa, o dos patins entrega o pedido e agradece chamando-a pelo nome também. A pequena intimidade a surpreende, e fica meio segundo parada, deduzindo que eu já havia conversado sobre ela com o meu colega. Ajeita os óculos antes de pegar a bandeja, sorri para nós dois e vai para um canto do salão. O dos patins comenta comigo,

Realmente ela é uma coisinha diferente. Acho que combina com você e, não sei, mas captei certo interesse.

É mesmo?, surpreendo-me. Acha que ela... Por exemplo, veio de novo aqui perto da hora de fechar esperando que eu saia e puxe assunto de novo?

Não sei, pode ser.

Peraí, mas você não entende mais a cabeça das mulheres?

Olha o preconceito, garoto. Acha que por ser *gay* eu vou saber como a mulherada pensa? Deixa de ser ridículo. Eu mal entendo a minha cabeça, vou lá entender as dos outros...

Nós dois rimos e, como a loja está quase vazia, o riso ecoa no salão e chama a atenção da garota, que deixa o livro e lança um sorriso diferente, ainda misturado com o teor da leitura. Ao receber o sorriso, ficamos imediatamente quietos, e o dos patins me cutuca com o pé,

Olha, conseguiu atrair ela, hein?

Encorajado, tão logo bato o ponto corro para a sala dos funcionários, tomo banho e me arrumo, evitando conversar com os demais colegas para não perder tempo. Naturalmente, não quero que nenhum desconfie que estou paquerando uma cliente, para evitar ser sacaneado, ou mesmo que isso seja usado pelos gerentes, que já me têm como um rebelde.

Cumprimento-a novamente, pergunto qual o livro que está lendo desta vez. Apesar do nervosismo, consigo disfarçar um pouco mais e a conversa segue. E o que me ajuda é o fato de ela já me tratar com certa intimidade,

Olha, esse aqui é uma antologia poética do Fernando Pessoa. Conhece?

Aquele que era ele e mais um monte de gente dentro? Já li umas coisas, tenho um colega aqui da loja que é poeta e me emprestou um livro dele. Sabe que apesar dos outros... heterônimos... serem legais, eu prefiro o Fernando Pessoa mesmo? Acho que ele consegue me dizer mais coisas.

A garota parece surpresa com a resposta, mesmo porque sabe que não inventei, não estou blefando. Pergunta se não quero me sentar, mas a resposta vem séria,

Olha, eu trabalho aqui e não pega bem ficar sentado com clientes, mesmo fora de horário de trabalho...

Ela propõe que eu a acompanhe até a barraca de cachorro-quente ali perto, pois precisa levar alguns para a irmã e a mãe,

Elas odeiam os sanduíches daqui.

No caminho, trocamos informações pessoais. Ela trabalha em loja de roupas no *shopping* e desce ali quando quer comprar cachorros-quentes e vai caminhando meia hora até em casa. Começou a estudar Letras no início do ano, e agora no segundo semestre possui muitas leituras para fazer, por isso aproveita o tempo livre da volta,

Não consigo ler no ônibus, fico tonta. Prefiro sentar num lugar sossegado. Em casa é difícil. Meu padrasto e minha mãe brigando o tempo todo, minha irmã mais nova querendo atenção que não posso dar mais. Ninguém entende que preciso de tempo e sossego para estudar. Acredita que ficam falando que estou ficando besta porque comecei a faculdade? Dizem que é coisa de rico e a obrigação é ajudar a colocar comida dentro de casa, e não "ficar lendo poesia com a bunda pro alto". Absurdo, falta de respeito...

Ouvindo mais do que falando, digo que entendo, relato o episódio do serviço militar obrigatório e que esse sentimento, na minha família, não é muito diferente,

Sei bem como é isso. Quando terminar este ano, acho que vou querer fazer faculdade também...

A garota se espanta ao saber que ainda estou no Ensino Médio, e que ainda nem fiz dezoito anos, quando ela já tem dezenove,

É que você parece mais velho. Deve ser o uniforme listrado e a gravatinha.

Não, deve ser a cicatriz amarrotada nas mãos, mostrando que eu mesmo já estou ficando também todo amarrotado, respondo, já com a liberdade da autoironia.

Na verdade é o contrário: depois da bonança sempre vem a tempestade. Isso é algo que um pensamento minimamente realista consegue concluir. Como uma criança pode saber que, naquela vida limitada, com necessidade de ajuda até para as necessidades fisiológicas, a falta de autonomia até para as coisas mínimas, ela está chegando no auge da sua vida?

A experiência, como disse o outro, é o médico que chega quando o doente já morreu. O vivido pesa, a bagagem das coisas passadas não serve de nada a não ser para tornar a existência mais pesada, e quanto mais se chega perto do fim da jornada, mais cansativo cada passo vai ficando. Há os que usam esse peso para se defender, inclusive da própria caminhada, chumbados na segurança do que se domina, embora não sirva na prática para nada. Talvez a maioria seja assim. O "no meu tempo", que o pai dizia sempre, no fundo já carregava esse medo de que a minha estrada fosse diferente da dele. E foi.

Acho que segui um caminho contrário ao do mundo. Enquanto em pouco tempo todos teriam a vida um tanto mais bem-resolvida em diversos aspectos — e, vá lá, também não me furtei em sair da pindaíba —, fui sugado por um redemoinho que me faz circular até hoje, e anseio por chegar ao centro e ver, enfim, o que há no ralo disso tudo.

O bolo de guardanapos vai crescendo aqui. Renderiam algo, um livro? Uma narrativa que interessaria a alguém? Se a mim mesmo estão servindo apenas como um depositário

de memórias sobre as quais já tenho dúvida, não imagino que traga algo para outras pessoas. Talvez o melhor uso para eles fosse reter farelos. E não é o que faço aqui?
O guardanapo é o novo papiro.

PARTE 4

1

A mãe não quer tirar os plásticos que envolvem os novos sofás de dois e três lugares. Com os recentes cortes dos três zeros, parece que outros vão nascendo novamente — como uma hidra, diz a garota, me abraçando —, e cada cruzeiro real gasto nas prestações daqueles estofados vermelhos precisa ser preservado. Depois desses anos todos, é a primeira vez que conseguem comprar algo assim, e a minha mãe prefere tirar a poeira dos plásticos regularmente a correr risco de sujarem o tecido,

Só vou tirar o plástico no Natal.

Meu irmão pula sobre o sofá de dois lugares, pede para dormir nele, finge que é um carro, um avião, uma nave espacial. Quando penso que a imaginação dele fica apenas concentrada nas nossas partidas de Super Nintendo, o garoto me prova que qualquer coisa, objeto ou frase se torna um brinquedo em potencial. A mãe manda tirar os pés de cima. Acho isso tudo um exagero,

Vai ficar cada vez mais quente, e o plástico fica colando em quem estiver sentado.

Sem perder tempo, ela traz dois lençóis, com que cobre os sofás,

Resolvido. Eles vão ficar novos até o Natal.

Evito visitar a casa da garota, por isso os encontros são sempre na minha. Nas primeiras semanas, o namoro às escondidas teve algum charme, mas depois de dois meses achei injusto não ser apresentado à família. Como a desculpa do padrasto intolerante sempre aparece como um muro quando esse assunto vem à tona, me conformo em trazê-la para o meu território. Ela dorme comigo na sala mas, durante a madrugada, para não acordar ninguém, vamos em silêncio para o aconchego do banheiro.

As duas tias se afeiçoam a ela, ainda que a primeira tenha certa desconfiança da moça. Sempre que pode, dá uma alfinetada nela pelo fato de ser tão cheia de segredos, principalmente sobre a vida familiar. Tenta alertar a minha mãe,

Fica de olho nessa garota. Essas meninas de hoje em dia são da pá virada. Tem alguma coisa nela que me chama a atenção, incomoda.

Minha mãe não leva muito a sério,

Mas você também desconfia de todo mundo. Olha como ela está ajudando ele nos estudos. Se ele passar no vestibular, imagina como vai ser bom. Um doutor na família...

Mas a minha tia parece chumbada nas suas certezas,

Você sempre cheia de sonhos. Não sabe que está cheio de gente com diploma embaixo do braço por aí atrás de emprego? Ainda acho que teria sido melhor se ele estivesse no quartel.

Quando todos vão embora, a mãe imagina como deve ser a família da garota. Não gosta de se meter nos meus assuntos, mas, de tanto a primeira tia falar, me pergunta,

Você não tem curiosidade de conhecer o pessoal de lá?

Mãe, já te falei. O padrasto dela é um porre.

Eles pelo menos sabem que ela tem um namoro firme?

Não sei, acho que sim. Seria estranho não saber, ainda mais que ela passa tantas noites fora de casa. Você não liga que ela fique aqui, não é?

Não, claro que não. Melhor aqui do que pela rua. Sabe-se lá como está esse mundo. Mas acho que cedo ou tarde você vai ter que conhecer a família dela, não acha? Eu mesma quero conhecer.

Ela olha um ponto fixo, como se o pensamento de repente se transportasse para longe,

Hummm.

O que foi, mãe?

Nada, meu filho.

Minha mãe sempre deu respostas evasivas todas as vezes que eu perguntava sobre como ela e o meu pai haviam se conhecido, principalmente quando ele era bem mais novo. O mais perto foi quando comentou que o conheceu trabalhando. Mas sempre se esquivava de desenvolver a típica narrativa cheia de boas lembranças que geralmente circunda o início de uma relação.

Não, minha mãe não gostava de lembrar que, após matar o próprio pai que a violentou e depois fugir, vagou com a irmã por aquele lugar ermo, depois pelas estradas, ruas, pediu esmola, até que as duas foram enviadas para um orfanato, e tiveram nova documentação emitida, jamais sendo associadas a um crime bárbaro, mas acontecido longe, no mato, onde tudo ou se esquece ou vira causo. E de lá foram adotadas por uma família, que inicialmente as tratava como filhas, mas logo em seguida, conforme os outros filhos legítimos cresciam, receberam o estigma de incômodo, de ocupar o lugar dos outros. Não tardou para que surgissem brigas, das quais as adotadas eram sempre as culpadas, ouvindo ainda que só serviam para dar despesa. Começou a trabalhar na casa dos outros, primeiro tomando conta de crianças, depois fazendo faxinas. E numa delas, ainda adolescente mas com um corpo que já chamava a atenção, se engraçou com o filho da patroa. Ou melhor, o filho da patroa é que se engraçou com ela. Era tratado a pão de ló, vontades todas feitas, coisa de único filho homem em família classe média, filhos de militares em meados dos anos 1970. E como fazia o que queria, podia também ter sempre o que queria, e não seria nada de mais dar umas beliscadas na empregadinha. Mesmo que ela não quisesse, mesmo que ela ainda fosse traumatizada pelo que acontecera na infância, adquirindo um inevitável nojo masculino, ainda assim ela estava apenas se fazendo de difícil, porque toda empregadinha gosta de dar para o patrão. E com isso não era problema nenhum ele chegar bêbado e agarrá-la, e o bafo de bebida sempre lembrando o mesmo que sentira do pai havia anos, sabendo que agora não poderia se livrar desse homem que já a violentava de forma parecida. Não, não poderia jogar uma chaleira de água fervendo na cara do filho dos militares. Ela sabia, todos sabiam, que mexer com milicos daria um problema grande naquela época. Mas o que ela não poderia esperar era que o filho seria expulso de casa por ter engravidado a empregada, uma vergonha para a família. E o pai dele fazia isso escondendo o bom senso sob a honra, e no discurso de despedida ainda acusou a empregada de se oferecer para o filho e desgraçar a família, e chamaram-na de puta interesseira. E ela atacou logo aquele jovem indefeso, que não serviu nem para seguir carreira militar, coitado, porque não se enquadrava na disciplina, logo ele que não precisava trabalhar, era meio destrambelhado, agora teria de se virar no mundo para cuidar de mulher e filho.

A mãe também nunca quis me contar que, estranhamente, cuidar de uma família deu algum sentido para a vida do pai. Mesmo com o início difícil, foi arrumando trabalho, entrou para a área de vendas, conseguiu uma estabilidade que para ela foi a melhor coisa que teve até então. Viajava a serviço, voltava com dinheiro. Quase nunca teve a aprovação da família, que passou a evitá-los, exceto a irmã mais velha, que também não levava os pais militares a sério e logo se afastou deles também.

Mas tudo isso parece que já aconteceu há muito tempo.

Minha mãe me abraça, e sinto uma dor no fundo da boca. Enfio o dedo e apalpo a gengiva inflamada. Ela examina e diz que se trata apenas de um dente siso querendo nascer onde não tem espaço.

2

Dependendo da escala da garota, vou pegá-la no *shopping* nos finais de semana. De segunda a sexta ela vai direto para a faculdade, mas aos sábados gostamos de passear, e às vezes dá tempo de pegar a última sessão do cinema, aonde é possível ir pelo menos duas vezes por mês, cada um pagando a sua. Com os estudos, trabalho e namoro tornando a rotina atribulada, desisto de tentar me aproximar da casa dela. Não faz falta, pois a tenho por perto sempre que preciso. A mãe e a tia deixam de expressar, pelo menos para mim, que acham a situação estranha, ainda mais quando digo a elas,

Isso é implicância de velho, coisa de outra geração. Vocês querem é me proteger dela como se fosse me roubar daqui de casa. Mas nem precisa, é aqui onde a gente passa a maior parte do tempo.

Com a aproximação do Natal, surge um presente. Mas nenhum de nós iria suspeitar que traria junto um problema.

Compro o jornal e vejo que faço parte da lista com os nomes aprovados no vestibular. Na loja, antes de subir para trocar de roupa, mostro para os colegas que estão no balcão. Os parabéns vêm juntos, em coro, mas logo em seguida alguns silêncios, seguidos de trocas de olhares. O gerente da manhã é o primeiro a brincar com a pitada de acidez no fundo,

Olha, gente fina é outra coisa. Você sempre se achou mais inteligente que a maioria aqui. Só quero ver se vai ser tão esperto assim com os colegas da faculdade.

Acho engraçado, agradeço a todos a força. Não filtro o que é sincero ou que tem outras camadas. Durante o dia não cessam as manifestações de reconhecimento,

Veja só, vai ficar besta agora.

A culpa é dessa sua namorada CDF. De repente agora você vai poder conhecer a família dela, não é?

Nunca foi Destaque do Mês, e está longe de promoção a treinador. O negócio é tentar sucesso em outro lugar, não é?

Depois do diploma de doutor vai aparecer aqui e nem se lembrar da gente, não é?

Que sorte você deu! Aposto que chutou a maioria das respostas.

E os parabéns duram todo o dia, mas não ouço outros pareceres,

Viu como o queimadinho está se achando? Esfrega o jornal na cara de todo mundo pra esnobar a faculdade. Devia pegar o jornal e limpar o cu.

Ele se acha inteligente aqui, mas lá fora vai ser só mais um merda, vai ver só.

Sabia que a família da namorada obrigou ele a entrar na faculdade? Só assim ele vai poder ir lá. Eu hein..

Ô. E sabia que ela era uma cliente normal, e ele tanto deu em cima que conseguiu? Foi assim, na cara de todo mundo! Vê se pode.

Ah, mas o coitado pode fazer o que quiser porque queimou a mãozinha. A gente aqui se fode todos os dias e não tem privilégio nenhum.

Pois é. Ele ficava estudando na hora do *break*, e se incomodava com quem chegasse lá fazendo muito barulho. As pessoas não podiam nem ficar à vontade.

E dizem que levava livro pra ler no balcão. Escondia debaixo do caixa e ficava lá, lendo enquanto todo mundo trabalhava. Assim até eu, não é? Quem não quer essa moleza?

Olha lá, a cara de satisfação de merda. Esse tipo de gente que fode todo o resto, querem se achar melhor que os outros porque têm um pouquinho mais de estudo. Vixe, Maria. Mas justiça há de ser feita. O mal do urubu é pensar que o boi morreu. O que é dele está bem guardado. Ah, se não está...

Pé de pato, mangalô três vezes. Protegido eu estou de mau-olhado de gente besta assim, querendo diminuir os outros. *Vade retro*, agente do inimigo.

À noite, o poeta me abraça e diz, bastante sério,

Não faz as mesmas merdas que eu fiz. Vai em frente, garoto. Porque vão te foder aqui dentro agora.

Como assim?, espanto-me. Eu nunca fiz nada com ninguém.

Mas fez para si mesmo. Conseguiu o que a maioria nem tenta. E aí você atingiu o nervo mais sensível da galera, que é o ressentimento e a inveja. Vão te dar parabéns com a mão direita e te sacanear com a esquerda, isso acontece em todo lugar. E quanto mais você conquista, mais vão querer puxar o seu tapete, acredite. Já passei por isso tudo. Mas hoje eu não quero mais saber disso. Hoje eu quero é a liberdade da madrugada.

No dia seguinte chego ao trabalho desconfiado, quase me sentindo mal por estar ali, o que aguça os comentários tão logo eu atravesso a cozinha rumo à sala dos funcionários. No *break*, comento com o dos patins sobre o assunto,

Não entendo isso. Parece até que fiz alguma coisa errada.

Ah, meu amigo. Não dá trela pra invejosos não. É que no fundo a maioria é frustrada, e gostaria de estar no seu lugar. Aprendi que isso não passa de um tipo equivocado de homenagem.

Quando desço, o gerente de bigode pega o ímã com o meu nome e cola sobre o mapa de escalação. Depois de muito tempo, volto a ser designado para a chapa. Enquanto faz isso, o gerente me diz sem olhar,

Meu querido. Soube da novidade. Mas hoje é dia de lembrar um pouco como é ficar na cozinha. Lava a mão, coloca o avental e vai lá cuidar das rodelas de carnes.

Sem prática, erro os movimentos, estrago dois hambúrgueres. Estou nervoso, com medo de me queimar, e o gerente de bigode observa de dentro da gerência, cofiando os pelos com a mão direita, como sempre faz. Depois de uma hora, ele para ao lado da chapa e fica com a mão no queixo, apenas olhando. Por fim, manda outro assumir a função e me chama na gerência,

Veja bem, você conhece a empresa já há um tempo considerável. Todos admiram o seu empenho como caixa, o seu engajamento em defender os colegas daquilo que considera errado. Mas olha, aqui não é uma instituição que coloca todos no mesmo saco, como se o grupo de colaboradores fosse composto por robozinhos iguais e que por isso merecessem o mesmo tratamento. Isso é coisa de comunista, não acha? Não é engraçada essa comparação? Nosso segmento de mercado não pertence a essa linha, pois valorizamos a pessoa. Cada um aqui dentro é único assim como cada cliente é um indivíduo que merece atenção única. Mas eu fico pensando se não te demos privilégios nesses últimos tempos, sabe? Olha só, eu não dou ouvidos para fofocas, essas coisinhas que o pessoal fica fazendo, a famosa Rádio Corredor. Mas uma coisa é certa, eu preciso da minha equipe produzindo de forma eficiente. Lembra-se dos três Cês do treinamento, comunicação, cooperação e coordenação? Eles precisam ser ativos o tempo inteiro durante a jornada de trabalho. E o que vi agora há pouco ali foi uma queda de desempenho numa função para a qual você precisa ter competência, a mesma que tem no caixa, sorrindo para os clientes. Se você não sorri para uma carne do mesmo jeito que sorri para os clientes, como o corpo gerencial vai ter habilidade para fazer o rodízio de funcionários nos diversos setores da loja, conforme determina o Padrão? Você, me parece, se acomodou num lugar confortável de uma função nobre durante os horários de *rush*, e isso nós fizemos contrariando o nosso patrão, que é dono disso aqui tudo, movidos mais por comiseração em relação ao seu acidente do que por profissionalismo. Então é importante que você saiba: não poderá mais ficar no caixa por um bom tempo. E vai ter que reaprender a usar as mãos para virar as carnes, como fazia antes. É como andar de bicicleta, sabe? Mesmo se ficar um tempo sem fazer, o corpo não esquece. E olha, estou fazendo isso pelo seu bem, para garantir a sua flexibilidade na empresa. Eu não preciso de intelectual aqui, de gente que almeja diploma, que fique recitando poesia ou dançando balé, e sim de uma equipe eficiente. Quero que você permaneça com a gente, mas para isso a sua vida de aluno de faculdade é daqui para fora, e se em algum aspecto a faculdade te ajudar a virar melhor as doze carnes da chapa, por favor me diga porque aí eu quero replicar a metodologia. Isso seria inovador para o sistema.

Não digo uma palavra, apenas meneio a cabeça concordando, e continuo. A vontade mesmo é de jogar ele em cima da chapa, selar até ficar com a cabeça bem achatada, e quando ele parar de gritar de dor eu enfio a espátula e viro para grelhar do outro lado, perguntando se está tudo como determina o Padrão.

Depois do *break*, vou para o salão e não converso com mais ninguém até o final do dia. Desconfio de todos.

3

SAI MAIS BARATO PARA ELES TE TORTURAREM ATÉ VOCÊ PEDIR DEMISSÃO. É O QUE FAZEM QUANDO NÃO QUEREM MAIS UM FUNCIONÁRIO AQUI. SE FOSSE VOCÊ, SAIRIA LOGO.

O bilhete que encontro sobre a mochila ao sair não me surpreende. Com algum esforço, seria até possível encontrar o autor, investigando a caligrafia e comparando com as dos colegas na folha de ponto. Mas e depois?

Para a treinadora, tudo não passa de um ciúme bobo, para o qual não preciso ligar muito. Ela vai fazer a supervisão do trabalho do lado de fora, pois estou novamente escalado para limpar o estacionamento,

Isso vai passar. Daqui a pouco outros funcionários vão seguir o mesmo caminho. Aliás, não é a primeira vez que essa situação acontece aqui. Todo mundo quer melhorar de vida. Mas me diga, está pronto para ser jornalista?

Não sei. Acho que vai ser uma boa, mas não sei bem o que me espera lá. O problema é lidar com isso aqui.

Você é novo. O ser humano é isso aí mesmo. A gente precisa é aprender a lidar com eles. Mas não cede a essa pressão, dá para conciliar o trabalho aqui na loja com o estudo. Você não faz isso desde que entrou?

É, você está certa, como sempre. Valeu pela força.

Como acontece pelo menos uma vez por semana à tarde, o franqueado chega à loja. Meia hora depois, ao sair, vem falar comigo,

Parabéns pela conquista. Dá gosto ver nossos funcionários seguindo em frente e galgando novos degraus.

Ah, sim. Obrigado.

Vamos sentir sua falta aqui. Desejo sucesso para você, rapaz.

Não entendo bem, mas antes que responda novamente o franqueado acena para o motorista e vai embora.

Segundo essas notícias que proliferam num ecossistema propenso às manifestações ofídicas, estou prestes a ser demitido, porque, segundo dizem, ostentei exageradamente a aprovação no curso superior, denegrindo a imagem dos colegas de mesmo nível e até de superiores hierárquicos. Consta também que o próprio franqueado ouviu coisas absurdas, motivadas ainda pela greve boba que ajudei a organizar com um amigo, sobre quem joguei toda a culpa na época, culminando na demissão injusta do colega. Outros ingredientes foram acrescentados, incluindo, naturalmente, o fato de ele me vitimizar por conta da queimadura nas mãos e assim obter benefícios exclusivos.

No fim das contas, sigo a dica da treinadora, a sugestão dada pelo dos patins, o alerta do poeta, e acho engraçada a única frase dita pelo cristão sobre o assunto,

No seu lugar, eu abraçava todo mundo.

E é o que tento. Além de deixar claro para todos os gerentes que pretendo continuar na loja — lembrando ainda que sou arrimo de família —, escrevo num guardanapo que afixo no mural de cortiça da sala de funcionários,

POR GENTILEZA, PEÇO QUE DEIXEM DE ESPALHAR BOATOS SOBRE A MINHA DEMISSÃO. ARRUMEM OUTRO ASSUNTO PARA SACIAR A FOME DE FOFOCA. ATENCIOSAMENTE.

Especificamente ao gerente de bigode, explico que quero retomar a prática na chapa, se essa for a necessidade. Mas isso nem chega a acontecer, uma vez que ainda há poucos funcionários bons no caixa, para onde sou escalado novamente quase todos os dias. E ninguém fala mais no assunto, pelo menos na minha frente.

4

Aliso os cabelos encaracolados dela no sofá de dois lugares, onde ficamos mais acomodados. Quando nos mexemos, o plástico range sob o lençol azul-claro, mas é preciso preservar a mobília até o Natal. Ela se dá bem com meu irmão, que corresponde. Faz caretas para ele e me diz,

Ele dá menos trabalho que minha irmã. Cuidar de garotos é menos difícil...

Sempre sutil na maior parte do tempo, minha mãe aproveita a deixa para perguntar mais uma vez sobre a família,

E quando afinal meu filho vai conhecer a sogra?

Desconfortável, ela se ajeita no sofá, sorri amarelo e por fim diz,

Eu preciso confessar, tenho vergonha da minha família. Tenho vergonha de casa. Vocês aqui correm atrás, e lá tem o meu padrasto bêbado, violento, mas que protege a minha irmã menor, que é filha dele. Ela é mimada, quebra as coisas, faz o que bem entende desde pequena porque sabe que nunca leva a culpa. E a minha mãe, que recebe uma pensão merreca do meu pai que foi embora, não faz nada na vida e fica em casa com a cabeça ocupada por besteiras, tomando conta da vida dos outros. E vou falar a verdade: aqui eu me sinto mais em casa, sabia? Mas fique despreocupada, que não vou me encostar na sua casa. Falo isso de coração. Peço desculpas por impedir que ele vá até lá. Não tenho nada para mostrar, nada que me dê orgulho.

Todos ficam em silêncio por um tempo. Quando minha mãe vai falar, ela completa,

E vou dizer, eles não fazem questão nenhuma de conhecer meu namorado. A última frase que ouvi sobre isso foi "lá vai ela ficar piranhando por aí". Acredita?

Evito falar qualquer coisa, e minha mãe fica inicialmente contrita. Lembra-se de tudo pelo que passou antes de construir a vida com o marido. Segura a mão da garota e aperta,

Olha, geralmente sogra não gosta de nora. Mas você foi uma das melhores coisas que apareceram aqui. Sabe, é estudiosa, ajuda na cozinha, lava a louça sem eu pedir. Vive dando força pra ele, coisa que eu também faço o tempo todo. Não quis te pressionar sobre isso da sua família. Mas veja, cedo ou tarde a gente vai ter que conhecer a turma do lado de lá. Ainda mais se você quiser algo mais sério com o meu filho daqui pro futuro. Ou vai ficar só enrolando ele?

Fico tranquilizado pelo desfecho. Penso em como será em um ano, dois, três anos dali para a frente. Quatro, quando estiver para me formar. Ela já terá o diploma, e provavelmente não vai mais morar com os pais. Moraremos juntos? Um espaço pequeno, quitinete pequena e aconchegante, mas possível de pagar assim que sairmos da área dos subempregos e entrarmos de cabeça nas respectivas áreas. Ela será professora, é articulada e tem tato com as crianças, como dá para perceber pelo modo como trata o meu irmão. Nunca vou deixar minha família desamparada, pois aqui todos precisam cuidar uns dos outros, e isso não pode mudar. Devo trabalhar em jornal. Gosto da ideia. Quando passa o noticiário da televisão, minha mãe e a segunda tia olham para o repórter de terno e microfone e dizem, Olha lá, você vai ser assim, que orgulho. Mas eu prefiro a palavra escrita. Depois de fazer um curso gratuito de datilografia na escola, descobri que máquinas de escrever têm um barulho tão bom que poderia passar horas e horas batucando nas teclas, que dão vida ritmada às ideias ao mesmo tempo que parecem algo terapêutico. De repente vou até escrever reportagens em um computador. Vai que um dia eles substituem as máquinas de escrever, com suas telas verdes e códigos complicados. Mas nada será complicado para mim, porque estarei disposto a encarar qualquer desafio para continuar seguindo em frente. E tudo isso graças à nota de cinquenta cruzados novos, que guardei agora no meio de um dos poucos livros que tenho em casa. Poucos por enquanto. Pois um dia terei uma, duas, três estantes cheias deles. E cada volume que for acrescentado ao acervo será resultado do meu trabalho e do da minha mulher — já, casados? Sorrio enquanto os pensamentos vão se sobrepondo. Abraço a garota ao meu lado.

Pensar na nota de cinquenta cruzados novos com o poema de Drummond traz novamente a lembrança do meu pai. Como ela fala pouco da família, quase também não falei dele. Vou ao quarto e trago um álbum de fotos antigas. Começo a folhear para a namorada, peço desculpas por haver tão poucas mais recentes, pois não temos câmera e custa uma nota revelar, mesmo um filminho de doze poses,

Olha, essas são a minha mãe e tia, eu estava na barriga dela, mas nem parece, de tão magras que elas eram. Aqui sou eu no velocípede. No fundo ali está o meu pai, ainda cheio de saúde. Nessa outra eu tinha arrancado o primeiro dente de leite, vê só a janelinha. Essa aqui é o meu irmão recém-nascido...

Enquanto olha as fotos, ela sente uma vertigem e se levanta rapidamente. Corre para ir ao banheiro. Ao sair, pega suas coisas e vai embora. Dá uma desculpa qualquer e sai, sem nem se despedir. Prontamente me levanto para levá-la até o ponto, como sempre faço, mas ela insiste que não vá.

5

Ela não veio trabalhar hoje. Não deu satisfação.

Eu me dou conta de que não sei exatamente onde ela mora, e tampouco tem telefone. É ela quem sempre me encontra, e meu único movimento é quando venho pegá-la no *shopping*. Sem referência alguma, estou preocupado, mas preciso ir para a lanchonete.

Nos dias seguintes, a mesma notícia. As outras vendedoras também estão aparentemente preocupadas, mas vejo que ali na loja de roupas existe uma disputa intensa, na qual uma concorrente não faz falta alguma. Seria apenas mais uma vendedora que desistiu por qualquer motivo e logo chegará outra. Ouço ainda de uma,

Se você, que é caso dela, não sabe, sou eu lá que vou saber?

Não consigo entender o que aconteceu. Minha mãe, os colegas do trabalho, ninguém compreende como uma garota desaparece desse jeito, sem dar notícia. Passam-se os dias e conseguir qualquer informação no trabalho dela é inócuo, mesmo porque se recusam a informar o endereço de funcionários, ainda mais para um suposto ex-namorado inconformado, movido por obsessão. Ninguém quer se meter.

Passam-se semanas, e quando a minha mãe retira enfim os plásticos do sofá, a dois dias do Natal, mal consigo suportar a tristeza e o desespero. No trabalho, olho todos os dias para cada mulher de cabelos encaracolados e espero que ela apareça e diga,

Eu estava apenas fazendo joguinho, não sabe como é mulher?

Mas o dos patins é quem me diz o que eu não gostaria de ouvir,

Ela simplesmente deixou de te amar, meu querido. Acontece. É triste, mas acontece. De repente não era pra ser.

O cabelo dela, os óculos dela, os livros dela. Não é só a primeira namorada. Ela ajudou a me dar um norte. Em poucos meses eu cresci, mais do que na vida inteira. Não tem sentido isso. A gente estava cheios de planos. Não tem lógica.

Ah, e quem é que vai dar sentido e lógica pra essas coisas? Vai esperando...

Sempre me senti meio triste nessa época do ano, e agora pareço sem direção, e as musiquinhas natalinas apenas parecem reforçar o sentimento de fim. Sei que sou novo, tenho uma vida nova ali esperando na esquina de um 1994 que se aproxima cheio de promessas.

Volto a trabalhar com a mente longe. Mas no fundo tenho aquela esperança de que ela volte a aparecer depois de um tempo, como aconteceu no início. Sabe como são as mulheres. Vai entender... De repente ela vai aparecer na véspera de Natal como uma surpresa, um presente. E vai entrar pela porta da casa dizendo que teve de resolver as últimas pendências fora, com a família problemática, e que agora estava se mudando de vez para viver ali com a gente.

Porque de fato não fiz nada que justificasse aquele sumiço repentino. Só poderia ser algo relacionado à vida dela em casa. Ou então no trabalho, de onde, pelo jeito, já planejava sair. Provavelmente não suportava mais o clima competitivo com as outras garotas. Logo ela, que estava estudando para se formar professora e estimular que as pessoas fossem mais cooperativas. Era isso, pois de mim, da mãe e do irmão, da conduta tranquila, da rotina que criamos, tudo se encaixava perfeitamente.

E todo mundo diz que ele completa ela, e vice-versa, que nem feijão com arroz. Quantas vezes já ouvi a citação, e eu mesmo cantei para ela, nesses meses, recebendo de volta um sorriso de cumplicidade?

Esse pensamento de esperança vai se transformando rapidamente em resignação. As mulheres de cabelos encaracolados e de óculos vão rareando na loja. Uma ou outra lembram a fisionomia dela. Enquanto aperto maquinalmente as teclas, pego o dinheiro ou tíquete ou cheque e dou trocos, falo as frases de boa tarde, boa noite, bom lanche, seu troco, volte sempre, chego a cogitar se realmente ela existiu, se ela passou por ali um dia carregando um livro de Drummond, ficou embaraçada com o casaco, e depois deu papo para o atendente de mãos queimadas. As certezas sobre a própria vida vão entrando numa letargia com cheiro de gordura e apitos de máquinas. Luzes vermelhas e amarelas parecem piscar de forma bizarra.

Elas configuram uma existência simples na qual tudo funciona segundo das regras do Padrão. Lembrar-me do peso de uma batata frita pequena, do tempo que leva para um pão ficar tostado, da disposição correta dos pedidos na bandeja, tudo isso parece mais plausível e real do que uma cliente perfeita, que teria visto atrás do balcão não apenas um adolescente num uniforme ridículo, tornou--se a namorada perfeita e desapareceu sem deixar pista.

O dos patins vê que estou pálido. Quando vem me perguntar se está tudo bem, consegue apenas ouvir,

Eu sou gado, todo mundo aqui é gado, essa é a minha vida. Eu sou cem por cento carne bovina.

6

O homem barbudo, camisa aberta e chinelos, aparece justo na véspera de Natal, dia em que o expediente termina mais cedo. Pergunta por mim ao gerente do balcão, esticando o pescoço rumo à cozinha.

Dois caixas ao lado, aceno e me identifico tão logo escuto meu nome. O homem parece nervoso, afoito, mas também demonstra ter bebido há pouco tempo, pelo hálito forte. Pergunta ao gerente do balcão se pode conversar a sós comigo.

Desconfiado, vou para o lado de fora, mas ao mesmo tempo estou curioso. O homem se identifica como padrasto da garota,

Ela sempre evitou falar de você, mas revistando as coisas dela acabei descobrindo que trabalha aqui. Vou te confessar: meu santo nunca bateu com o dessa garota. Desde que juntei com a mãe dela a nossa relação nunca foi, como posso dizer, das mais amigáveis. Mas eu te garanto, nunca encostei um dedo nela. Meu negócio é com a mãe, e a gente se desentende de vez em quando, como acontece em qualquer lar, e às vezes a mão escorrega um pouco mais, você sabe como é mulher...

Eu me afasto um pouco por conta do bafo de álcool exalado a cada palavra. De fato, o sujeito não é nada apresentável, condizente com as breves descrições que a garota dava. Os pés dele, inchados como são os dos que bebem diariamente, fazem as tiras de borracha do chinelo ficarem estranhamente apertadas. No entanto, apesar da figura causadora de esgar, ele está ali por algum motivo válido. Quero parar de rodeios,

ok, mas vá direto ao assunto. Ela saiu da minha casa passando mal, desapareceu e nunca mais foi ao trabalho. O que aconteceu?

O padrasto pigarreia, coça a cabeça, cospe na calçada da loja, o que me irrita. Sem pensar, digo que ali não é o boteco onde ele costuma encher a cara, escarrar e assoar o nariz sem o menor pudor. Limpando o bigode e a barba na manga da camisa, ele continua,

A gente nunca ligou pras manias de grandeza dela. A mãe é que manda, eu sempre falei, e como nunca tive autoridade, ela sempre fez o que quis. Por isso ninguém questionava quando ela saía pra trabalhar e estudar, fazer essas coisas de faculdade, sem dar satisfação de hora de voltar, se ia dormir fora. A outra menor lá, que é minha filha, tá sendo educada por mim, do meu jeito. Aquela sim vai respeitar a gente e não vai sair por aí dormindo fora, fazendo sabe-se o que sabe-se onde. E eu sempre falei pra mãe, Fica de olho nessa aí. Mas nunca adiantou nada. Entrava por um ouvido e saía por outro. E vou te dizer, eu não dei sorte na vida, pelo menos ainda não dei sorte.

E bebo mesmo as minhas coisas por aí, não nego. Mas eu sou um homem direito, com noção. Se não estudei que nem vocês mais novos, eu aprendi muito com a vida.

Já estou impaciente,

Não me interessa. Preciso voltar lá para dentro. Diga de uma vez, o que aconteceu com ela.

O padrasto, cheio de gingas, chiados e maneirismos, fica sério,

Tudo bem. Vou te dizer. Ela chegou chorando em casa. Dava cada vez menos satisfação, mas nesse dia estava maluca, chamou a mãe e começou a falar aos berros, Você sabia que o meu pai teve outra família? Você sabia que tinha mulher e dois filhos? E a outra não sabia se falava a verdade ou continuava escondendo. Isso pra mim nunca foi importante, porque é coisa que aconteceu antes da minha chegada naquela casa, porque eu não ando com mulher dos outros. Disseram que ele morreu enquanto viajava a trabalho, mas foi com a outra família. Isso estava na cara. Todos sabiam que ele tinha duas famílias, e decidiu assumir a filha depois de um tempo, quando a situação da minha mulher apertou. Eles fizeram merda de ter essa filha, os dois eram garotos, e o pai milico do cara deu uma grana pra ela tirar a criança, mas ela pegou o dinheiro e sumiu, não queria abortar e foi tentar seguir a vida. Quando achou ele de novo já era homem responsável, com família, e assim que viu a filha se apaixonou e decidiu assumir a criança. Depois a pensão dele até ficou pra ela, a ajuda nas contas lá. E isso tudo não é novidade. Se o homem consegue manter duas mulheres, duas casas, não é pecado nenhum. Sei de uma dúzia de gente que vive assim. E vive bem. Mas voltando, ela chegou fazendo essas perguntas todas e quando a mãe vacilou e fez aquela cara de que não pode mais mentir, ela foi pro quarto, disse que ia sair de casa, fugir dessa merda toda, começou a quebrar as coisas de dentro de casa. Para tentar tranquilizar a filha histérica, a minha mulher deu um tapa na cara dela. E a garota se virou e disse berrando feito uma égua, Você sabia que eles tinham um filho com quase a minha idade? É o meu namorado, porra, meu namorado! E ela ficou mais nervosa e saiu correndo de casa antes que a gente pudesse entender a coisa toda direito. Como qualquer um podia adivinhar que isso podia acontecer, se inclusive a outra família tinha uma vida boa? O cara passava a maior parte do tempo lá com os outros, e era longe daqui.

Não consigo dizer nada. Tento balbuciar uma pergunta, mas o homem limpa os dentes puxando ar,

E o que vou dizer, garoto...

Outro funcionário aparece na porta e me diz,

Deram ordem pra você entrar pro caixa. O movimento está aumentando.

7

O primeiro dia de aula da faculdade é algo bem diferente. São pessoas com aspectos estranhos, uns aparentando ser mais velhos e com alguma bagagem. E outros que, pelo modo de falar alto e com gargalhadas estridentes, parecem ter os pés ainda fincados no Segundo Grau. Mesmo o trote que os veteranos chegam para aplicar nos calouros não passa de brincadeiras juvenis. Segundo dizem, os trotes violentos e tradicionais foram proibidos depois que uma adolescente, cujo pai era advogado, teve parte do corpo queimada e abriu um longo processo que há anos tramita na justiça.

Os professores não parecem muito pacientes em relação à imaturidade de alguns alunos. Uma, claramente às vésperas de se aposentar, reclama que não deveria tolerar crianças nessa altura da carreira. E abre o jogo dizendo que os primeiros períodos têm as aulas ministradas por professores temporários ou aqueles que já estão sendo jogados para escanteio.

Para mim, é uma novidade há meses esperada. A expectativa da minha mãe continua, como costuma dizer, para que o filho seja alguém na vida — e eu respondo dizendo que todo mundo já é alguém na vida. Assim como são alguém na vida todos os que trabalham na lanchonete, para onde vou durante a tarde e a noite, no mesmo turno intermediário. Não é questão de não poder se dar ao luxo de apenas fazer a faculdade, como é o caso da maioria dos novos colegas dali, e sim de ter o privilégio de poder fazer as duas coisas.

No intervalo, vou à lanchonete comprar um café. Olho para os preços do letreiro e fico um pouco confuso para calcular o valor em URVs e cruzeiros reais. Ao abrir a carteira, por trás de todas as notas está a antiga cédula de cinquenta cruzados novos dada pelo meu pai. Lembro-me da garota e do trabalho escolar que ela disse ter feito. O dinheiro continua indo embora, e será que a poesia fica? Não ficou nenhuma. A garota, o melhor poema que eu poderia escrever, não é mais plausível que esse pedaço de papel no meu bolso e que, por sua vez, não vale mais nada. Ela é essa sombra da nota que enxergo apenas quando a coloco contra a luz.

Penso em ir ao departamento de Letras, conhecer as amigas da garota, identificar-me como o cara que foi responsável pelo suicídio, explicando que ela não conseguiu suportar a ideia de estar grávida do irmão. E mesmo para mim essa ideia é apenas possível de ser compreendida quando me convenço de que ela não existiu de fato. Um clichê tão grande de incesto com pitada de Romeu e Julieta é digno de novela mexicana que passa durante a tarde. Na vida real não acontece. Tenho isso de inventar coisas, e tenho essa mania de misturar o vivido e o inventado.

E então diria para as garotas que tenho uma nota antiga com um poema de Drummond, e recitaria o texto de cor para impressioná-las, encerrando a *performance* com a frase de que o dinheiro já foi embora, mas o poema ficou nele. Ficou ali, com a gente.

O rapaz do caixa na lanchonete chama o próximo da fila. É a minha vez de comprar um café.

Nota do autor

Gostaria de agradecer a algumas pessoas que dedicaram parte do seu tempo para ler estas páginas antes de elas entrarem no prelo, e deram contribuições ótimas para que o livro ficasse mais digno de leitura: a quadra MMMM Marcelo Moutinho, Maurício de Almeida, Marcelo Alves e Marcos Peres, meu irmão Hugo e, claro, meus editores, Carlos Andreazza e Lucas Bandeira, que enxergaram um pouco além quando eu disse que estava escrevendo um romance sobre um cara que passa um esfregão numa lanchonete.

Creio que seria tão fácil dizer "esse cara escreveu sobre a própria vida" quanto "ele inventou isso tudo". Talvez haja argumentos aqui para se puxarem as duas pontas desse cabo de guerra. Ficção, memória, episódios reais alterados etc. entram numa categoria tão nebulosa e densa quando se fala de literatura, como se fosse um processo de investigação em busca de uma verdade absoluta, que muitas vezes se esquece do mais importante: o livro em si, a narrativa que ele contém e os seus leitores. Publicado, estou livre de todas essas preocupações.

Aproveito para dedicar este livro a todas as pessoas que trabalham em lanchonetes. De grandes redes a pequenos estabelecimentos, é uma função importante alimentar aqueles que estão correndo num mundo corrido.

Em 2013, fui convidado para participar do projeto *Rio: Passagens*, patrocinado pela prefeitura do Rio de Janeiro. Deveria apresentar dois poemas que tratassem da cidade e de mudanças. Um deles segue abaixo, e dele saiu a ideia para a produção deste romance:

ELEGIA DA PASSARELA

logo que fiz 15 anos, meu irmão 16,
conseguimos trabalhar no mcdonald's
ai que felicidade a carteira assinada
ai que beleza ter um uniforme
militar antes da hora

do frio pro quente descarrega e corta batata
suor pingando na carne
gordura sal luzes piscando
atende o próximo mata a fila
cata a guimba pensa que é quem?

e esfregão se passa em formato de oito
símbolo do infinito
andando pra trás

e era *rap* secreto pra trollar o gerente
e era a festinha do sábado
os passinhos ensaiados com o Feijão
a poesia lida com o Helyo
as gêmeas sábias Ana e Maria
o Gil, então magricela

a Alicia ria de tudo
o Oliveira, que apelidei de Perigoso
todos queriam ficar com a Rosinha
e acabavam no supernintendo

e teve aquela vez
atrasado o pagamento
greve do turno da tarde
paramos o marxdonald's
pra ver robocop 2

e atendemos o próximo da fila
na adolescência colesteroica
hoje o ônibus expresso
demoliu o eme gigante
aquele golem invencível
no lugar, uma passarela

de lá de cima avistamos
a nossa via exclusiva
saindo ali da taquara

é o nosso bonde até não sei onde
nos espalhamos por toda a cidade

ela cresceu tanto... nós não!
permanecemos circunflexos
imutáveis: a cidade
é a próxima da fila

ela passa que o tempo corre
pequeno feito gergelim.

Este livro foi composto com a tipologia Minion Pro, em corpo 12/16, impresso em papel off-white pelo Sistema Cameron da Divisão Gráfica da Distribuidora Record.